O Homem dos Quarenta Escudos

VOLTAIRE

O HOMEM DOS QUARENTA ESCUDOS

Tradução
Antonio Geraldo da Silva

Lafonte

2024 • Brasil

Título original francês: *L`Homme aux Quarante Écus*

Direção Editorial *Sandro Aloísio*
Organização *Ciro Mioranza*
Revisão *Rita Del Monaco*
Diagramação e capas *Marcos Sousa*
Imagens de Capa *Coleção: Isaac Cruikshank - A Right Honorable alias a Sans Culotte / Commons*
Avulso: Shutterstock.com

Dados Internacionais de Catalogação na Publicação (CIP)
(eDOC BRASIL, Belo Horizonte/MG)

V935
Voltaire, 1694-1778.
O Homem dos Quarenta Escudos / Voltaire; tradução Antonio Geraldo da Silva. – São Paulo, SP: Lafonte, 2024.
96 p. : 15,5 x 23 cm

Título original: L`Homme aux Quarante Écus
ISBN 978-65-5870-566-6 (Capa coleção)
ISBN 978-65-5870-570-3 (Capa avulso)

1. Filosofia. I. Silva, Antonio Geraldo da. II. Título.
CDD 194

Elaborado por Maurício Amormino Júnior – CRB6/2422

Editora Lafonte

Av. Profª Ida Kolb, 551, Casa Verde, CEP 02518-000, São Paulo-SP, Brasil
Tel.: (+55) 11 3855-2100, CEP 02518-000, São Paulo-SP, Brasil
Atendimento ao leitor (+55) 11 3855-2216 / 11 – 3855-2213 – *atendimento@editoralafonte.com.br*
Venda de livros avulsos (+55) 11 3855-2216 – *vendas@editoralafonte.com.br*
Venda de livros no atacado (+55) 11 3855-2275 – *atacado@escala.com.br*

ÍNDICE

ÍNDICE

Apresentação

O livro *O Homem dos Quarenta Escudos* é uma crítica direta e contundente de Voltaire contra o novo sistema político-econômico estabelecido pelos ministros de Estado de Paris, em sua época. Mais que tentar salvar ou dar novos rumos à economia do país, o sistema que se implantava onerava mais ainda o produtor agrícola e privilegiava os industriais e, de modo particular, a burguesia, composta, sobretudo, de mercadores, atravessadores e políticos. A revolta maior de Voltaire se originava da imposição do imposto único, que atingia exclusivamente a força produtiva do setor agrícola. De fato, os economistas instalados no poder haviam chegado à pérfida conclusão de que somente os rendimentos agrícolas deviam ser taxados de imposto.

Voltaire se insurge contra essa política econômica. Pressupõe um francês de renda média; divide a renda nacional pelo número de habitantes do país e chega a um resultado de 40 escudos, indicando o que ganharia um agricultor com uma pequena propriedade. Partindo desse resultado, compõe o título de seu livro.

No decorrer da obra, o autor discute problemas de economia, insiste numa distribuição de renda mais justa, defende os agricultores, condena a burguesia e seu enriquecimento iníquo, se insurge contra a exploração das classes menos favorecidas, clama por igualdade e justiça. Com toda a sua ironia, traço inequívoco dos escritos de Voltaire, pede uma tributação justa, que atinja a todos os cidadãos da França e não somente aqueles que se esfalfam em suores para locupletar a mesa do rei, de seu séquito e dos ricos. A riqueza da Igreja em território francês não escapa às suas invectivas, dirigidas especialmente contra os monges e seus ricos mosteiros, bem como contra os jesuítas, de quem Voltaire fora aluno quando jovem.

Depois de fazer falir seu *Homem dos Quarenta Escudos* em decorrência da política econômica injusta, Voltaire o recupera, o transforma em cidadão de certo bem-estar e o torna instruído. Passa então a discutir com ele temas de economia, de filosofia, de ciências em geral e de biologia em particular. O personagem central desse opúsculo casa e tem um filho. É a ocasião que se apresenta para examinar as diferentes teorias da época sobre o processo da geração. Critica os ovistas (teoria defendida pelo holandês Leuwenhoeck) e os animalculistas (teoria proposta pelo holandês Hartsoeker) e ridiculariza a teoria da geração por atração, proposta por Maupertuis em sua obra *Vênus física*, publicada em 1775.

Ao compor este livro, parece que Voltaire foi muito esperto. Sem dúvida estava ciente de que, apresentando simples arrazoados ou discussões de economia, seu livro não haveria de alcançar grande sucesso. Por essa razão, certamente, direcionou a segunda parte do escrito para discorrer sobre temas palpitantes da época. Foram esses últimos que garantiram ao livro dez edições num só ano. Outro fator de sucesso, embora tornasse o livro clandestino, foi precisamente sua condenação pelo parlamento de Paris; além disso, condenado também pelo Vaticano, *O Homem dos Quarenta Escudos* foi incluído no *Index* em 1771.

Ciro Mioranza

Prólogo

Um velho, que *sempre lastima o presente e elogia o passado*, me dizia:

– Meu amigo, a França não é tão rica hoje como o foi na época de Henrique IV. Por quê? Porque as terras já não são tão bem cultivadas; porque os homens se subtraem à terra e porque, tendo o diarista encarecido o trabalho, muitos agricultores deixam suas propriedades incultas.

– De onde vem essa escassez de trabalhadores?

– É que todos aqueles que sentiram alguma habilidade abraçaram as profissões de tecelão, de gravador, de relojoeiro, de fabricante de seda, de procurador ou de teólogo. É que a revogação do edito de Nantes deixou um grande vazio no reino; as religiosas e os mendigos se multiplicaram e, finalmente, cada um fugiu, o mais que pôde, do penoso trabalho da lavoura, para o qual Deus nos criou e que o tornamos ignominioso, insensatos como somos!

Outra causa de nossa pobreza está em nossas novas necessidades. Temos de pagar a nossos vizinhos quatro milhões de um artigo, e cinco ou seis de outro, para metermos em nossas narinas um pó mal cheiroso vindo da América; o café, o chá, o chocolate, a cochonilha, o anil, as especiarias nos custam mais de sessenta milhões por ano. Tudo isso era desconhecido na época de Henrique IV, exceto as especiarias, cujo consumo era muito menor. Queimamos cem vezes mais velas e adquirimos mais da metade da nossa cera no exterior, porque negligenciamos as colmeias. Vemos cem vezes mais diamantes nas orelhas, no pescoço e nas mãos de nossas cidadãs de Paris e de nossas grandes cidades do que os tinham todas as damas da Corte de Henrique IV, incluindo a rainha. Foi preciso pagar quase todas essas superfluidades à vista.

Convém observar, sobretudo, que pagamos aos estrangeiros mais de quinze milhões da arrecadação do palácio da Prefeitura e que Henrique IV, ao subir ao trono, tendo encontrado cerca de dois milhões ao todo nesse palácio imaginário, reembolsou sensatamente uma parte para aliviar o Estado desse fardo.

Cumpre considerar que nossas guerras civis tinham versado na França os tesouros do México, quando don *Phelippo o discreto* queria comprar a França e que, desde então, as guerras estrangeiras nos levaram metade de nosso dinheiro.

Essas são, em parte, as causas de nossa pobreza. Nós a ocultamos sob lambris envernizados e com o artifício dos negociantes de moda: somos pobres com bom gosto. Há administradores, empresários, comerciantes muito ricos; seus filhos, seus genros são muito ricos; a nação, em geral, não o é.

O raciocínio desse velho, bom ou mau, me causou profunda impressão. De fato, o vigário de minha paróquia, que sempre teve amizade por mim, me ensinou um pouco de geometria e de história, e começo a refletir, coisa muito rara em minha província. Não sei se ele tinha razão em tudo; mas, sendo eu muito pobre, não tive maiores dificuldades em acreditar que eu tinha muitos companheiros.(1)

(1) A sra. Maintenon, que era uma mulher muito entendida em todos os assuntos, exceto naquele sobre o qual consultava o velhaco e afeito a processos padre Gobelin, seu confessor; a sra. Maintenon, digo, numa de suas cartas, faz o cálculo das despesas de seu irmão com a mulher dele, no ano de 1680. O casal tinha de pagar o aluguel de uma casa confortável; os criados eram em número de dez; tinham quatro cavalos e dois cocheiros, um bom almoço todos os dias. A sra. Maintenon avalia o total em 9 mil francos por ano e acrescenta 3 mil libras para o jogo, os espetáculos, as fantasias e outros caprichos do casal. Hoje, seriam necessárias mais de 40 mil libras para levar vida semelhante em Paris; bastariam 6 mil nos tempos de Henrique IV. Esse exemplo prova que o bom velho não dizia nenhum disparate.

Falência do Homem dos Quarenta Escudos

Folgo em comunicar a todos que possuo uma terra que me daria uma renda líquida de quarenta escudos, se não fora a taxa a que está sujeita.

Apareceram vários editos de algumas pessoas que, com tempo à disposição, governam o Estado do canto de sua lareira. O preâmbulo desses editos dizia que *o poder legislativo e o poder executivo nasceram por direito divino coproprietários de minha terra* e que eu lhes devo pelo menos a metade daquilo que como. A enormidade do estômago do poder legislativo e executivo me levou a fazer um grande sinal da cruz. Que seria se esse poder, que preside a *ordem essencial das sociedades*, tivesse minha terra inteira? Um é ainda mais divino que o outro.

O inspetor-geral sabe que eu só pagava ao todo 12 libras; que era um fardo muito pesado para mim e que teria sucumbido se Deus não me tivesse dado a habilidade de fazer cestos de vime, que me ajudavam a suportar a miséria. Como poderia dar, portanto, de uma só vez 20 escudos ao rei?

Os novos ministros diziam ainda, em seu preâmbulo, que não se deve taxar senão as terras, uma vez que tudo vem da terra, até a chuva, e por conseguinte apenas os frutos da terra é que devem imposto.

Um de seus fiscais veio até minha casa por ocasião da última guerra; pediu-me por minha quota três sesteiros de trigo e um saco de fava, num total de 20 escudos, para sustentar a guerra que corria e cuja razão eu jamais soubera, tendo apenas ouvido dizer que, nessa guerra, nada havia a ganhar realmente para meu país, e muito a perder. Como então eu não tivesse nem trigo, nem fava, nem dinheiro, o poder legislativo e executivo me levou preso; e a guerra foi feita da maneira que era possível.

Ao sair de minha cela de prisioneiro, não tendo mais que a pele sobre os ossos, encontrei um homem rechonchudo e corado numa carruagem puxada por seis cavalos; tinha seis lacaios e pagava a cada um deles como ordenado o dobro de minha renda. Seu mordomo, tão corado quanto ele, recebia 2 mil francos de salário e lhe roubava por ano 20 mil. Sua amante lhe custava 40 mil escudos em seis meses; eu o havia conhecido outrora, na época em que era menos rico do que eu: para me consolar, me confessou que tinha uma renda de 400 mil libras.

– Pagas, então, 200 mil libras ao Estado – lhe disse –, para apoiar a vantajosa guerra que sustentamos; pois eu, que tenho exatamente minhas 120 libras, devo pagar a metade delas.

– Eu – respondeu-me –, contribuir para as necessidades do Estado! Estás brincando, meu amigo; herdei de um tio que havia ganho oito milhões em Cádiz e Surata; não possuo uma polegada de terra; toda minha fortuna consiste em contratos, em títulos da praça; não devo nada ao Estado; compete a ti entregar a metade de tua subsistência, pois és um proprietário de terras. Não compreendes que, se o ministro das finanças exigisse de mim algum auxílio para a pátria, seria um imbecil que não sabe calcular? Pois tudo vem da terra; o dinheiro e os títulos não são mais que garantias de câmbio: em vez de arriscar no jogo do faraó cem sesteiros de trigo, cem bois, mil carneiros e duzentos sacos de aveia, jogo pacotes de ouro que representam essas mercadorias repugnantes. Se, depois de ter cobrado o *imposto único* sobre esses produtos, ainda me viessem pedir dinheiro, não vês que seria uma dupla cobrança? Que seria exigir duas vezes a mesma coisa? Meu tio vendeu em Cádiz por dois milhões trigo produzido pelos agricultores e por dois milhões tecidos fabricados com a lã dos criadores; ganhou mais de cem por cento nesses dois negócios. Bem, compreendes que esse lucro foi auferido sobre terras já taxadas: o que meu tio comprava, aqui, por dez centavos, o vendia por mais de 50 francos no México; e, descontadas todas as despesas, voltou com oito milhões.

Convém ressaltar que seria uma horrível injustiça reclamar dele alguns óbolos sobre os dez soldos que pagou. Se vinte sobrinhos como eu, cujos tios tivessem ganho nos bons tempos oito milhões cada um no México, em Buenos Aires, em Lima, em Surata ou Pondichéry, emprestasse cada um ao Estado somente 200 mil francos, para as necessidades urgentes da pátria, isso importaria em quatro milhões: que horror! Paga, meu amigo, tu que desfrutas em paz de uma renda clara e líquida de 40 escudos; serve bem à pátria e vem algumas vezes jantar com minha criadagem.

Esse discurso plausível me levou a refletir muito, mas em nada me consolou.

Conversa com um geômetra

Acontece às vezes que nada se pode responder, sem que no entanto se esteja de acordo. Fica-se derrotado mas não convencido. Sente-se no fundo da alma um escrúpulo, uma repugnância que nos impede de acreditar no que nos provaram. Um geômetra demonstra que, entre um círculo e uma tangente, podemos fazer passar uma infinidade de linhas curvas e que não podemos fazer passar uma linha reta. Nossos olhos, nossa razão nos dizem o contrário. O geômetra responde gravemente que se trata de um infinito de segunda ordem. Calamos e nos retiramos estupefatos, sem ter nenhuma ideia nítida, sem nada compreender e sem nada replicar.

Vamos, então, consultar a um geômetra de maior confiança, que nos explica o mistério.

– Imaginamos – diz o geômetra – o que não pode existir na natureza, linhas que têm comprimento mas não têm largura; é impossível, fisicamente falando, que uma linha real penetre em outra. Nenhuma curva, tampouco nenhuma reta real, pode passar entre duas linhas reais que se tocam: trata-se unicamente de jogos do entendimento, de quimeras ideais; e a verdadeira geometria é a arte de medir as coisas existentes.

Fiquei muito contente com a confissão desse sábio matemático e comecei a rir, em minha desgraça, ao saber que havia charlatanice até na ciência que chamamos de *alta ciência*.

Meu geômetra era um cidadão filósofo que se havia dignado a conversar comigo algumas vezes em minha cabana. Eu lhe disse:

– O senhor procurou esclarecer os babacas de Paris sobre o maior dos interesses dos homens, a duração da vida humana. Só por meio do senhor o ministério ficou sabendo o que deve dar aos que têm direito a rendimentos vitalícios, segundo as diferentes idades. O senhor propôs fornecer às casas da cidade a água que lhes falta, e finalmente salvar-nos do opróbrio e do ridículo de ouvirmos sempre clamar *por água* e de vermos mulheres, oprimidas por um arco oblongo, carregando dois baldes de água, de 15 libras cada um, até um quarto andar de um cidadão privado. Peço a gentileza de sua parte de me dizer quantos animais de duas mãos e de dois pés existem em França.

O GEÔMETRA

Calcula-se que haja cerca de vinte milhões, e prefiro adotar esse cálculo bastante provável[(1)], à espera de que seja confirmado, o que seria muito fácil e ainda não o fizeram ainda *porque nunca se lembram de tudo*.

O HOMEM DOS QUARENTA ESCUDOS

Quantas jeiras calcula que o território de França contenha?

O GEÔMETRA

Cento e trinta milhões, quase metade em estradas, cidades, vilas, baixios alagadiços, charnecas, pântanos, terras arenosas, terras estéreis, conventos inúteis, parques de recreação mais

(1) Isso está provado pelos memoriais dos intendentes, elaborados no fim do século XVII, em combinação com o censo por domicílio, efetuado em 1753 por ordem do conde de Argenson e, sobretudo, com a obra extremamente exata de Mezence, feita sob o controle do intendente La Michaudière, um dos homens mais esclarecidos da época.

agradáveis que úteis, terrenos incultos, maus terrenos mal cultivados. Poder-se-ia reduzir as terras de boa produção a setenta e cinco milhões de jeiras quadradas; mas ponhamos oitenta milhões: impossível fazer mais pela própria pátria.

O HOMEM DOS QUARENTA ESCUDOS

Quanto julga que cada jeira produza, em média, num ano normal, em trigo, grãos de toda espécie, vinhos, madeiras, metais, animais, frutas, lã, leite e azeite, todas as despesas descontadas, sem contar o imposto?

O GEÔMETRA

Bem, se produzirem, cada uma, 25 libras, já é muito; entretanto, ponhamos 30 libras, para não desanimar nossos concidadãos. Há jeiras que produzem valores contínuos estimados em 300 libras; há outras que produzem 3 libras. A média proporcional entre três e trezentos é trinta, pois é claro que três está para trinta como trinta está para trezentos. É verdade que, se houvesse muitas jeiras de 30 libras e muito poucas de 300 libras, nossa conta não se sustentaria; mas, ainda uma vez, não quero me servir de ardis.

O HOMEM DOS QUARENTA ESCUDOS

Pois bem, senhor, quanto dão os oitenta milhões de jeiras, fazendo o cálculo em dinheiro?

O GEÔMETRA

O cálculo é de todo fácil: isso produz por ano dois bilhões e quatrocentos milhões de libras, ao câmbio atual.

O HOMEM DOS QUARENTA ESCUDOS

Li que Salomão possuía sozinho vinte e cinco bilhões em dinheiro vivo; e certamente não há dois bilhões e quatrocentos milhões de dinheiro vivo em circulação na França que, segundo me dizem, é muito maior e mais rica que o país de Salomão.

O GEÔMETRA

Aí está o mistério: talvez hoje, no presente, há aproximadamente novecentos milhões em dinheiro circulante no reino, e esse dinheiro, passando de mão em mão, é suficiente para pagar todas as mercadorias e todos os trabalhos; o mesmo escudo pode passar mil vezes do bolso do cultivador para aquele do taberneiro e do funcionário.

O HOMEM DOS QUARENTA ESCUDOS

Compreendo. Mas o senhor me disse que somos vinte milhões de habitantes, entre homens e mulheres, crianças e velhos: quanto tocaria a cada um, por favor.

O GEÔMETRA

Cento e vinte libras ou 40 escudos.

O HOMEM DOS QUARENTA ESCUDOS

O senhor adivinhou com exatidão minha renda: possuo quatro jeiras que, mesclados entre os anos de descanso da terra e aqueles de produção, me valem 120 libras; é pouca coisa. Como! Se cada um possuísse uma porção igual, como na idade de ouro, não teria cada um senão cinco luíses[2] de ouro por ano?

O GEÔMETRA

Não mais, segundo nosso cálculo, que eu arredondei um pouco. Essa é a condição da natureza humana. A vida e a fortuna são muito limitadas; considerando todos, só se vive em Paris, em média, de vinte e dois a vinte e três anos; e, em média, só

(2) Moeda de ouro da época de Voltaire, cunhada sob o reinado de Luís XIII (daí o designativo luís), a partir de 1640.

se dispõe de 120 libras por ano para gastar; quer dizer que seu alimento, seu vestuário, sua casa, seus móveis são representados pela soma de 120 libras.

O HOMEM DOS QUARENTA ESCUDOS

Ai de mim! Que lhe fiz, para me tirar assim a fortuna e a vida? É verdade que só tenho vinte e três anos de vida, a menos que roube a parte de meus camaradas?

O GEÔMETRA

Isso é incontestável na boa cidade de Paris; mas, desses vinte e três anos, deve-se subtrair pelo menos dez anos da infância, pois a infância não é uma fruição da vida, é uma preparação, é o vestíbulo do edifício, é a árvore que ainda não deu frutos, é a aurora de um dia. Subtraia aos treze anos que lhe restam o tempo do sono e das contrariedades, é pelo menos a metade; sobram seis anos e meio que são passados em aborrecimentos, em dores, em alguns prazeres e na esperança.

O HOMEM DOS QUARENTA ESCUDOS

Misericórdia! Seu cálculo não chega a três anos de existência suportável.

O GEÔMETRA

A culpa não é minha. A natureza se preocupa muito pouco com os indivíduos. Há outros insetos que só vivem um dia, mas cuja espécie dura para sempre. A natureza é como esses grandes príncipes que pouco se lhes dá a perda de quatrocentos mil homens, contanto que levem a cabo seus augustos desígnios.

O HOMEM DOS QUARENTA ESCUDOS

Quarenta escudos e três anos de vida! Que recursos apontaria o senhor contra essas duas maldições?

O GEÔMETRA

Com relação à vida, seria preciso tornar mais puro o ar em Paris, seria preciso fazer com que os homens comessem menos e fizessem mais exercícios, que as mães amamentassem os filhos, que a gente não fosse tão mal informada para temer a inoculação: é o que já disse; e, com relação à fortuna, é só casar e ter filhos.

O HOMEM DOS QUARENTA ESCUDOS

O quê? O meio para viver confortavelmente é associar minha miséria à de outro?

O GEÔMETRA

Cinco ou seis misérias juntas constituem uma instituição bastante tolerável. Arranje uma boa mulher, dois filhos e duas filhas somente, o que dará 720 libras para seu lar, supondo que justiça seja feita e cada indivíduo tenha 120 libras de renda. Seus filhos, quando pequenos, não custam quase nada; uma vez crescidos, o aliviarão; a ajuda deles lhe poupará quase todas as despesas, e você viverá feliz como filósofo, contanto que esses senhores que governam o Estado não cometam a barbárie de extorquir de cada um 20 escudos por ano; mas a desgraça é que não estamos mais na idade de ouro, na qual os homens, nascidos todos iguais, tinham igualmente participação na suculenta produção de uma terra não cultivada. Já é muito que hoje cada criatura de duas mãos e dois pés possua uma propriedade que dê 120 libras de renda.

O HOMEM DOS QUARENTA ESCUDOS

Ah, o senhor nos arruína! Não dizia há pouco que, num país onde há oitenta milhões de jeiras de terra bastante boa e vinte milhões de habitantes, cada um deve usufruir de 120 libras de renda e agora o senhor as tira de nós?

O GEÔMETRA

Eu calculava de acordo com os dados do século de ouro, mas é preciso calcular de acordo com o século de ferro. Há muitos habitantes que não atingem senão a soma de 10 escudos de renda, outros que só chegam a quatro ou cinco, e mais de seis milhões de homens que não têm absolutamente nada.

O HOMEM DOS QUARENTA ESCUDOS

Mas esses morreriam de fome ao cabo de três dias.

O GEÔMETRA

De modo algum. Os outros que possuem suas porções os fazem trabalhar e dividem sua renda com eles; é o que paga o teólogo, o confeiteiro, o boticário, o pregador, o comediante, o procurador e o dono de carruagem. Você se julgou digno de lástima por não ter senão 120 libras para gastar anualmente, reduzidas a 108 libras por causa da taxa de 12 francos; mas considere os soldados que dão o sangue pela pátria: a quatro soldos por dia, só dispõem de 73 libras e vivem alegremente, morando em grupos no mesmo alojamento.

O HOMEM DOS QUARENTA ESCUDOS

Desse modo, portanto, um ex-jesuíta ganha cinco vezes mais que um soldado. Entretanto, os soldados prestaram mais serviços ao Estado, à vista do rei, em Fontenoy, em Laufelt, no cerco de Friburgo, do que jamais o fez o reverendo padre La Valette.

O GEÔMETRA

Nada mais verdadeiro; e, ainda assim, cada jesuíta que se tornou livre tem mais a gastar do que custava a seu convento: há até alguns que ganharam muito dinheiro elaborando brochuras contra os parlamentos, como o reverendo padre Patouillet e o reverendo padre Nonotte. Cada um usa de suas habilidades neste mundo: um dirige uma fábrica de tecidos; outro, de porcelana; outro se dedica à ópera; este redige uma gazeta eclesiástica; aquele, uma tragédia burguesa ou um romance de gosto inglês; mantém o mercador de papel, o vendedor de tinta, o livreiro, o vendedor ambulante que, não fosse ele, todos estariam pedindo esmola. Enfim, isso não é outra coisa senão a restituição das 120 libras aos que nada têm, que faz florescer o Estado.

O HOMEM DOS QUARENTA ESCUDOS

Perfeita maneira de florescer!

O GEÔMETRA

Não há outra: em qualquer país, o rico faz viver o pobre. Essa é a única fonte da indústria do comércio. Quanto mais industriosa a nação, mais ganha do estrangeiro. Se conseguíssemos obter do estrangeiro dez milhões por ano na balança comercial, dentro de vinte anos haveria duzentos milhões a mais no Estado: seriam mais 10 francos para distribuir lealmente *per capita*; quer dizer que os negociantes fariam ganhar a cada pobre 10 francos a mais, na esperança de obter lucros ainda mais consideráveis. Mas o comércio tem seus limites, como a fertilidade da terra: se não fosse assim, a progressão iria ao infinito; por outro lado, não é seguro que a balança comercial nos seja sempre favorável: há períodos em que perdemos.

O HOMEM DOS QUARENTA ESCUDOS

Ouvi falar muito em população. Se nos puséssemos a fazer o dobro dos filhos que fazemos, se nossa pátria fosse povoada em dobro, se tivéssemos quarenta milhões de habitantes em vez de vinte, que aconteceria?

O GEÔMETRA

Aconteceria que cada um só teria 20 escudos para gastar, em média, ou que seria preciso que a terra rendesse o dobro do que rende, ou que houvesse o dobro de pobres, ou que seria necessário ter o dobro de indústria e ganhar o dobro do estrangeiro ou enviar a metade da nação para a América, ou que a metade da nação comesse a outra.

O HOMEM DOS QUARENTA ESCUDOS

Contentemo-nos, pois, com nossos vinte milhões de homens e nossas 120 libras por cabeça, repartidas como aprouver a Deus; mas essa situação é triste, e seu século de ferro é bem duro.

O GEÔMETRA

Não há nação nenhuma que esteja em melhores condições, e há bastantes que estão muito pior. Acredita que haja, no Norte, com que dar o equivalente de 120 libras a cada habitante? Se tivessem possuído o equivalente, os hunos, os godos, os vândalos e os francos não teriam desertado sua pátria para se estabelecer em outras regiões, a ferro e fogo.

O HOMEM DOS QUARENTA ESCUDOS

Se o deixasse falar, o senhor em breve me persuadiria de que eu sou muito feliz com os meus 120 francos.

O GEÔMETRA

Se pensasse ser feliz, nesse caso o seria.

O HOMEM DOS QUARENTA ESCUDOS

Impossível imaginar ser o que não se é, a menos que seja louco.

O GEÔMETRA

Já lhe disse que, para sentir-se mais à vontade e mais feliz do que é, deveria unir-se a uma mulher; mas devo acrescentar que esta também deve ter 120 libras de renda, isto é, quatro jeiras a 10 escudos cada. Os antigos romanos não tinham senão três. Seus filhos, se forem industriosos, poderão ganhar outro tanto cada um, trabalhando para os outros.

O HOMEM DOS QUARENTA ESCUDOS

De modo que não poderão ter dinheiro sem que outros o percam.

O GEÔMETRA

É a lei de todas as nações; só se respira a esse preço.

O HOMEM DOS QUARENTA ESCUDOS

E ainda será preciso que minha mulher e eu entreguemos cada um metade de nossa colheita ao poder legislativo e executivo e que os novos ministros de Estado nos tirem metade do preço de nosso suor e da substância de nossos pobres filhos antes que possam ganhar a vida! Diga-me, por favor, quanto dinheiro, de direito divino, nossos novos ministros fazem entrar nos cofres do rei.

O GEÔMETRA

Você paga 20 escudos por quatro jeiras que lhe rendem quarenta. Um homem rico que possui quatrocentas jeiras pagará 2 mil escudos por essa nova tarifa, e as oitenta milhões de jeiras renderão, para o rei, anualmente, um bilhão e duzentos milhões de libras ou quatrocentos milhões de escudos.

O HOMEM DOS QUARENTA ESCUDOS

Isso me parece impraticável e impossível.

O GEÔMETRA

Tem toda a razão, e essa impossibilidade é uma demonstração

geométrica de que há um vício fundamental de raciocínio em nossos novos ministros.

O HOMEM DOS QUARENTA ESCUDOS

Nisso não há também uma prodigiosa injustiça perpetrada ao me tomarem a metade de meu trigo, de meu cânhamo, da lã de meus carneiros, etc., e não exigirem nenhuma contribuição daqueles que poderão ter ganho dez ou vinte ou trinta mil libras de renda com meu cânhamo, com o qual fabricaram o tecido, com minha lã de que fizeram cobertores, com meu trigo, que terão vendido mais caro do que compraram?

O GEÔMETRA

A injustiça dessa administração é tão evidente quanto errôneo é seu cálculo. É necessário que a indústria seja favorecida, mas é preciso que a indústria opulenta socorra o Estado. Essa indústria certamente lhe tirou uma parte de suas 120 libras, e delas se apropriou vendendo-lhe camisas e roupas vinte vezes mais caras do que lhe custariam se você mesmo as tivesse feito. O fabricante, que enriqueceu a sua custa deu, confesso, um salário a seus operários, que nada possuíam por si mesmos; mas reteve para si, a cada ano, uma soma que lhe valeu, no fim das contas, 30 mil libras de renda: adquiriu, portanto, essa fortuna à custa de você; e você nunca poderá lhe vender seus produtos por preço tão conveniente que possa ser reembolsado do que ele ganhou nas suas costas; pois, se você tentasse elevar seu preço, ele compraria no exterior a preço mais conveniente. Uma prova de que isso funciona assim é que ele continua sempre ganhando suas 30 mil libras de renda, ao passo que você fica com suas 120 libras que, longe de aumentar, com frequência diminuem.

É, pois, necessário e equitativo que a indústria refinada do negociante pague mais que a indústria grosseira do agricultor. O mesmo se dá com os coletores do dinheiro público.

Sua taxa era de 12 francos antes que nossos grandes ministros lhe tivessem tomado 20 escudos. Sobre esses 12 francos o publicano retinha 10 centavos para ele. Se em sua província houver quinhentas mil almas, ele terá ganho 250 mil francos por ano. Que gaste cinquenta, é claro que ao final de dez anos terá dois milhões. É muito justo que ele contribua proporcionalmente, sem o que tudo estaria pervertido e transtornado.

O HOMEM DOS QUARENTA ESCUDOS

Agradeço-lhe por ter taxado esse coletor, isso alivia minha imaginação. Mas, visto que ele aumentou tão bem seu supérfluo, como posso fazer para também aumentar minha pequena fortuna?

O GEÔMETRA

Já lhe disse, casando-se, trabalhando, procurando tirar de sua terra alguns feixes a mais daquilo que já lhe produzia.

O HOMEM DOS QUARENTA ESCUDOS

Suponho que eu tenha trabalhado bem, que toda a nação tenha feito outro tanto, que o poder legislativo e executivo tenha recolhido com isso grande soma de tributos: quanto a nação terá ganho no fim do ano?

O GEÔMETRA

Absolutamente nada; a menos que tenha feito um comércio exterior favorável, mas terá vivido mais confortavelmente. Cada um terá tido, em proporção, mais roupa, mais camisas, mais móveis do que antes. Terá havido no Estado uma circulação mais abundante, os salários terão sido aumentados com o tempo, mais ou menos em proporção ao montante dos feixes de trigo, dos novelos de lã das ovelhas, dos couros de bois, cervos e cabras que tenham sido aproveitados, dos cachos de uva esmagados no lagar. Ter-se-á pago ao rei valores mais elevados de gêneros em dinheiro, e o rei terá devolvido valores maiores a todos aqueles que tiver feito trabalhar sob suas ordens; mas não haverá um escudo a mais no reino.

O HOMEM DOS QUARENTA ESCUDOS

O que vai restar, então, ao poder no fim do ano?

O GEÔMETRA

Uma vez mais, nada; é o que acontece a todo poder: não guarda no tesouro; foi alimentado, vestido, alojado, mobiliado; todo o mundo também o foi, cada um conforme sua condição; e, se conservar no tesouro, tira de circulação tanto dinheiro quanto pôs em caixa, fez tantos infelizes quantas vezes pôs 40 escudos em seus cofres.

O HOMEM DOS QUARENTA ESCUDOS

Mas esse grande Henrique IV não passava então de um vilão, de um ladrão, de um saqueador, pois me contaram que havia entulhado na Bastilha mais de cinquenta milhões na moeda de hoje.

O GEÔMETRA

Era um homem tão bom, tão prudente quanto valoroso. Ia fazer uma guerra justa e, acumulando em seus cofres vinte e dois milhões na moeda da época, tendo ainda a receber mais outros vinte milhões que deixava circular, poupava a seu povo mais de cem milhões que lhe teria custado, se não tivesse tomado essas medidas úteis. Tornava-se moralmente seguro do sucesso contra um inimigo que não tinha as mesmas precauções. O cálculo das probabilidades era prodigiosamente favorável a ele. Esses vinte e dois milhões entesourados provavam que havia então no reino o valor de vinte e dois milhões de excedente nos bens da terra; desse modo, ninguém era prejudicado.

O HOMEM DOS QUARENTA ESCUDOS

Meu velho realmente me havia dito que éramos proporcionalmente mais ricos sob a administração do duque de Sully que sob aquela dos novos ministros que lançaram o imposto único e que me tomaram 20 escudos sobre quarenta. Diga-me, por favor, há alguma nação no mundo que goze desse belo benefício do imposto único?

O GEÔMETRA

Nenhuma nação opulenta. Os ingleses, que quase não riem, se puseram a rir quando souberam que pessoas inteligentes haviam proposto entre nós esse sistema. Os chineses exigem uma taxa de todos os navios mercantes que atracam em Cantão; os holandeses, quando admitidos no Japão, pagam tributo em Nagasaki, sob pretexto de que não são cristãos; os lapões e os samoiedos são, na verdade, submetidos a um imposto único, em peles de marta; a república de San Marino só paga dízimos para sustentar o Estado em seu esplendor.

Há em nossa Europa uma nação, célebre por sua equidade e por seu valor, que não paga nenhuma taxa: é o povo helvético. Mas aqui vai o que aconteceu: esse povo se pôs no lugar dos duques da Áustria e de Zeringue; os pequenos cantões são democráticos e muito pobres; cada habitante paga uma soma bem módica para as necessidades da pequena república. Nos cantões ricos, são devidos ao Estado os tributos que os arquiduques da Áustria e os senhores latifundiários exigiam; os cantões protestantes são em proporção o dobro mais ricos que os católicos, pois ali o Estado possui os bens que pertenciam aos monges. Aqueles que eram súditos dos arquiduques da Áustria, dos duques de Zeringue e dos monges, hoje o são da pátria; pagam a essa pátria os mesmos dízimos, os mesmos direitos, os mesmos laudêmios e vendas que pagavam a seus antigos senhores; e, como os súditos em geral têm pouco comércio, o negócio não é sujeito a nenhum tributo, exceto pequenos direitos de entreposto: os homens comercializam seu trabalho com as potências estrangeiras e se vendem por alguns anos, o que faz entrar algum dinheiro em seu país à nossa custa; é um exemplo tão único no mundo civilizado como o é o imposto estabelecido por nossos novos legisladores.

O HOMEM DOS QUARENTA ESCUDOS

Desse modo, senhor, os suíços não são despojados da metade de seus bens por direito divino; e aquele que possui quatro vacas não entrega duas ao Estado?

O GEÔMETRA

Não, de maneira nenhuma. Num cantão, sobre treze tonéis de vinho, entrega-se um e bebe-se doze. Em outro cantão, paga-se a décima segunda parte e bebe-se as onze partes restantes.

O HOMEM DOS QUARENTA ESCUDOS

Ah! Que me façam suíço! Maldito imposto esse imposto único e iníquo que me reduziu a pedir esmola! Mas trezentos ou quatrocentos impostos, cujos nomes são para mim até impossíveis de reter e pronunciar, são mais justos e honestos? Já houve legislador que, ao fundar um Estado, tenha imaginado conselheiros reais como aferidores de carvão, avaliadores de vinho, inspetores de madeira, examinadores de porcos, fiscais de manteiga salgada? Sustentar um exército de velhacos duas vezes mais numeroso que aquele de Alexandre, comandado por sessenta generais que submetem o país à contribuição, que todos os dias conseguem notáveis vitórias, que fazem prisioneiros e que às vezes os sacrificam ao ar livre ou sobre um pequeno palco de pranchas, como faziam os antigos citas, segundo me disse o padre vigário?

Semelhante legislação, contra a qual se elevavam tantos clamores e que fazia derramar tantas lágrimas, valia mais do que essa que me tira de repente, clara e tranquilamente, a metade de minha subsistência? Receio que, calculando bem, não estejam me tomando a varejo os três quartos daquilo que pagava sob a antiga administração.

O GEÔMETRA

Iliacos intra muros peccatur et extra.
Est modus in rebus. Caveas ne quid nimis.

O HOMEM DOS QUARENTA ESCUDOS

Aprendi um pouco de história e geometria, mas não sei latim.

O GEÔMETRA

Isso significa mais ou menos o seguinte: "Os dois lados estão errados. Conservar o meio em tudo. Nada de excesso".

O HOMEM DOS QUARENTA ESCUDOS

Sim, nada em demasia, é minha situação; mas nem sequer tenho o suficiente.

O GEÔMETRA

Convenho que você vai morrer de fome e eu também, e o Estado também, desde que a nova administração dure apenas dois anos; mas deve-se esperar que Deus tenha piedade de nós.

O HOMEM DOS QUARENTA ESCUDOS

Passa-se a vida esperando e, esperando, se morre. Adeus, senhor; sem dúvida me esclareceu, mas fiquei com o coração apertado.

O GEÔMETRA

É muitas vezes o fruto da ciência.

Aventura com um carmelita

Depois de agradecer devidamente os esclarecimentos recebidos do membro da Academia de Ciências, fui embora totalmente surpreso, louvando a Providência, mas resmungando entre os dentes estas tristes palavras: “Somente 20 escudos para viver, e não ter senão vinte e dois anos para viver! Ai de mim! Quem dera nossa vida fosse ainda mais curta, desde que é tão desgraçada!”

Logo me encontrei diante de uma casa soberba. Já sentia fome; não tinha nem ao menos a centésima vigésima parte da soma que toca de direito a cada indivíduo; mas, quando me disseram que aquele palácio era o convento dos reverendos padres carmelitas descalços, me enchi de grande esperança e disse: “Visto que esses santos são tão humildes que andam de pés descalços, serão também tão caridosos que me darão algo para comer”.

Bati; apareceu um carmelita:

– Que desejas, meu filho?

– Pão, meu reverendo padre; os novos decretos do governo me tiraram tudo.

– Meu filho, nós mesmos pedimos esmola; não a damos.

– Quê! Seu santo instituto lhes ordena andar sem calçados, e os senhores têm uma casa principesca e ainda me recusam comida!

– Meu filho, é verdade que não usamos calçados nem meias; é uma despesa a menos; mas não sentimos mais frio nos pés do que nas mãos; e se nosso santo instituto tivesse ordenado que andássemos de traseiro de fora, não sentiríamos frio no traseiro. A respeito de nossa bela casa, nós a construímos com toda a facilidade, pois temos cem mil libras de renda em casas da mesma rua.

– Ah, ah! Os senhores me deixam morrer de fome e têm cem mil libras de renda! Quer dizer, então, que pagam cinquenta mil ao novo governo?

– Deus nos livre de pagar um óbolo! Só o produto da terra cultivada por mãos laboriosas, endurecidas de calos e molhadas de lágrimas, deve tributos ao poder legislativo e executivo. As esmolas que nos foram dadas nos deram condições para construir essas casas, das quais recebemos cem mil libras por ano; mas essas esmolas, provenientes dos frutos da terra e tendo já pago tributo, não devem pagar duas vezes. Elas santificaram os fiéis que se empobreceram ao nos enriquecerem e nós continuamos a pedir esmola e a pedir contribuições à periferia de Saint-Germain, para santificar ainda mais os fiéis.

Ao dizer essas palavras, o carmelita fechou a porta na minha cara.

Passei na frente do quartel dos mosqueteiros cinza; contei a história a um desses senhores; eles me ofereceram uma boa refeição e um escudo. Um deles propôs incendiar o convento, mas um mosqueteiro mais sensato lhe mostrou que ainda não era chegado o tempo e lhe pediu para esperar mais uns dois ou três anos.

Audiência do senhor inspetor-geral

Fui, com meu escudo, apresentar um requerimento ao senhor inspetor-geral, que dava audiência naquele dia.

Sua antessala estava cheia de gente de toda espécie. Havia, sobretudo, rostos mais rechonchudos, barrigas mais proeminentes, fisionomias mais altivas que aquela de meu homem dos oito milhões. Não ousava me aproximar: eu os via, e eles não me viam.

Um monge, grande cobrador de dízimos, havia tentado mover um processo contra cidadãos a quem chamava de *seus camponeses*. Tinha mais rendimentos que a metade de seus paroquianos e, além disso, era senhor de feudo. Pretendia que seus vassalos, tendo convertido com grande dificuldade os pantanais em vinhedos, lhe deviam ainda a décima parte do vinho que produziam, o que totalizava, contando o preço do trabalho e das estacas de sustentação dos parreirais, dos tonéis e da cantina, mais da quarta parte da colheita. E o monge dizia:

– Mas como os dízimos são de direito divino, peço a quarta parte da substância de meus camponeses em nome de Deus.

O ministro lhe disse:

– Vejo muito bem quanto o senhor é caridoso!

Um coletor geral de impostos, muito hábil em seu ofício, disse, então:

– Senhor, essa aldeia não pode dar absolutamente nada a esse monge, pois, tendo ele obrigado os paroquianos a pagar, no ano passado, trinta e dois impostos sobre o vinho deles e tendo-os condenado em seguida a pagar o excesso de consumo de vinho, eles estão completamente arruinados. Fiz com que vendessem seus animais e seus móveis e ainda são meus devedores. Eu me oponho às pretensões do reverendo padre.

– Tem razão de ser seu rival – interveio o ministro. Tanto um como o outro amam igualmente o próximo, e ambos me edificam.

Um terceiro, monge e senhor, cujos camponeses estão sujeitos ao direito de mão morta, isto é, inalienáveis, esperava também uma sentença do conselho que o deixasse de posse de todos os bens de um pobre coitado de Paris que, tendo por inadvertência permanecido um ano e um dia numa casa sujeita a essa servidão e encravada nos Estados desse monge, nela viera a falecer no final do ano. O monge reclamava todos os bens desse indivíduo, e isso de direito divino.

O ministro achou o monge tão justo e tão terno de coração como os dois primeiros.

Um quarto, que era inspetor da região, apresentou um belo memorial, com o qual se justificava de haver reduzido vinte famílias a viver de esmola. Elas tinham herdado de tios ou tias, irmãos ou primos; fora preciso pagar os direitos. O senhor inspetor regional lhes havia generosamente provado que elas não tinham avaliado com exatidão suas heranças, que eram muito mais ricas do que imaginavam e, por conseguinte, tendo-as condenado à multa do triplo, arruinando-as nas custas do processo e prendendo os chefes de família, havia comprado suas melhores propriedades, sem tirar nada de seu bolso.

O inspetor-geral lhe disse (na verdade, num tom um pouco

amargo): "*Euge*! inspetor *bone et fidelis; quia super pauca fuisti fidelis* inspetor-geral *te constituam.*[3]

Entretanto, falou bem baixo a um encarregado dos requerimentos que estava a seu lado:

– É necessário, sem dúvida, levar essas sanguessugas sagradas e essas sanguessugas profanas a vomitar: já é tempo de aliviar o povo que, sem nossa assistência e nossa equidade, nunca teria do que viver a não ser no outro mundo.[4]

Homens de gênio profundo lhe apresentaram projetos. Um deles havia imaginado decretar impostos sobre a inteligência e dizia:

– Todos se apressarão em pagar, pois ninguém quer passar por tolo.

O ministro retrucou:

– Eu o declaro isento do imposto.

Outro propôs estabelecer o imposto único sobre as canções e sobre o riso, uma vez que a nação era a mais alegre do mundo e que uma canção a consolava sempre; o ministro, porém, observou que já fazia algum tempo que não se faziam canções alegres e, além disso, receava que, para escapar do imposto, todo o mundo se tornasse muito sério.

Aproximou-se também um sábio e ótimo cidadão que apresentou um plano, por meio do qual o rei receberia três vezes mais, e a nação pagaria três vezes menos. O ministro o aconselhou a aprender matemática.

Um quinto provava ao rei, *por amizade*, que não podia recolher senão setenta e cinco milhões, mas que ele ia fazer com que chegasse a uma coleta de duzentos e vinte e cinco milhões.

---

(3) Fiz com que um sábio de quarenta escudos me explicasse essas palavras: elas me divertiram.
Nota do tradutor: Estas palavras são tiradas do Evangelho, da tradução latina: "*Euge! Serve bone et fidelis; quia super pauca fuisti fidelis super multa te constituam*" que significam: Muito bem, servo bom e fiel; visto que foste fiel sobre coisas pequenas, sobre as grandes te constituirei.

(4) Caso quase semelhante ocorreu na província onde habito e o inspetor regional foi obrigado a restituir, mas não foi punido.

O ministro lhe disse:

– Isso seria muito bom a seu tempo, quando tivermos conseguido pagar as dívidas do Estado.

Finalmente, chegou um representante do novo autor que torna o poder legislativo coproprietário de todas as nossas terras, por direito divino, e que garantia ao rei um bilhão e duzentos milhões de renda. Reconheci o homem que me havia mandado para a cadeia por não ter pago meus 20 escudos. Prostrei-me aos pés do senhor inspetor-geral e lhe pedi justiça; ele deu uma gargalhada e me disse que me haviam pregado uma peça. Ordenou a esses gracejadores de mau gosto que me dessem cem escudos de indenização e me isentou da taxa pelo resto da vida. Eu lhe disse: "Senhor, que Deus o abençoe!"

Carta ao Homem dos Quarenta Escudos

Embora eu seja três vezes mais rico que você, isto é, embora eu possua 370 libras ou francos de renda, escrevo-lhe, contudo, de igual para igual, sem afetar o orgulho das grandes fortunas.

Li a história de sua falência e da justiça que o senhor inspetor-geral lhe fez; meus cumprimentos; mas, por infelicidade, acabo de ler o *Financier Citoyen*, apesar da repugnância que me havia causado o título, que a muita gente parece contraditório. Esse cidadão lhe tira 20 francos de sua renda, e a mim sessenta: ele só concede cem francos a cada indivíduo, na totalidade dos habitantes; mas, em compensação, um homem não menos ilustre eleva nossas rendas até 150 libras; vejo que seu geômetra preferiu o justo meio-termo. Não é desses magníficos senhores que, com uma penada, povoam Paris de um milhão de habitantes, e fazem circular pelo reino um bilhão e quinhentos milhões de moeda sonante, depois de tudo o que perdemos nas últimas guerras.

Como você é um grande leitor, vou lhe emprestar o *Financier Citoyen*; mas não se fie nele em tudo: cita o testamento do grande ministro Colbert e não sabe que se trata de uma rapsódia ridícula, feita por um tal Gatien de Courtilz; cita a *Dîme* do marechal Vauban e não sabe que é de um tal Boisguilbert;

cita o testamento do cardeal Richelieu e não sabe que é do padre Bourzeis. Supõe que esse cardeal assegura que, *quando a carne fica mais cara, se paga mais ao soldado.* Entretanto, o preço da carne subiu muito sob seu ministério, e o pagamento do soldado não aumentou: isso prova, independentemente de cem outras provas, que esse livro, tido por apócrifo desde que apareceu, e em seguida atribuído ao próprio cardeal, não é de sua lavra mais que os testamentos do cardeal Alberoni e do marechal Belle-Isle.

Desconfie toda a vida dos testamentos e dos sistemas; já fui vítima deles, como você. Se os Sólon e os Licurgo modernos zombaram de você, ainda mais zombaram de mim os novos Triptólemo, e, não fosse uma pequena herança que me reanimou, eu teria morrido na miséria.

Tenho cento e vinte jeiras cultiváveis na mais bela região da natureza e o solo é o mais ingrato. Cada jeira em minha região não rende, descontadas todas as despesas, senão um escudo de 3 libras. Desde que li nos jornais que um famoso agricultor tinha inventado uma nova semeadeira e que lavrava suas terras por canteiros, a fim de que, semeando menos colhesse mais, apressei-me em tomar dinheiro emprestado, comprei uma semeadeira, lavrei por canteiros; perdi meu trabalho e meu dinheiro, bem como o ilustre agricultor que não semeia mais em canteiros.

Quis minha má sorte que eu lesse o *Journal économique*, que é vendido em Paris, na loja de Boudot. Acabei lendo sobre a experiência de um engenhoso parisiense que, para se distrair, tinha mandado lavrar quinze vezes seu quintal e nele havia semeado trigo, em vez de plantar tulipas; fez uma colheita muito abundante. Pedi mais dinheiro emprestado. "Basta lavrar quinze vezes – dizia comigo mesmo – e terei o dobro da colheita desse digno parisiense que descobriu princípios de agricultura na ópera e na comédia; e aqui estou, enriquecido com suas lições e seu exemplo."

Lavrar até mesmo só quatro vezes em minha região é uma coisa impossível; o rigor e as súbitas mudanças das estações não o permitem; por outro lado, a infelicidade que tivera de semear por canteiros, como o ilustre agricultor de que falei, me havia forçado a vender meus utensílios agrícolas. Mandei lavrar trinta vezes minhas cento e vinte jeiras por todos os arados que se encontram até a quatro léguas em torno de minhas terras. Três lavras para cada jeira me custam 12 libras; é um preço fixo; foi preciso completar trinta lavras por jeira; a lavra de cada jeira me custou 120 libras: a de minhas cento e vinte jeiras ficou em 14.400 libras. Minha colheita que monta, num ano normal, em minha maldita região, a trezentos sesteiros, subiu, é verdade, a trezentos e trinta que, a 20 libras o sesteiro, me rendeu 6.600 libras: perdi 7.800 libras. É verdade que fiquei com a palha.

Estava arruinado, afundado, sem uma velha tia que um grande médico despachou para o outro mundo e que raciocinava tão bem em medicina como eu em agricultura.

Quem diria que ainda haveria de ter a fraqueza de me deixar seduzir pelo jornal de Boudot? Esse homem, afinal de contas, não havia jurado minha perdição. Li em sua referida publicação que bastava investir 4 mil francos para conseguir 4 mil libras de renda em alcachofras. Certamente Boudot me devolverá em alcachofras o que me fez perder em trigo. Aí estão meus 4 mil francos gastos, e minhas alcachofras devoradas por ratos dos campos. Fui vaiado em meu cantão como o diabo de Papefiguière.

Escrevi uma carta de recriminação fulminante a Boudot. Como única resposta, o traidor se divertiu à minha custa em seu jornal. Negou-me impudentemente que os caribenhos tivessem nascido vermelhos; fui obrigado a lhe enviar um testemunho de um antigo procurador do rei de Guadalupe, provando que Deus fez os caribenhos vermelhos como fez os negros, negros. Mas essa pequena vitória não me impediu de perder até o último centavo toda a herança de minha tia, por ter acreditado em demasia nos novos sistemas. Meu caro senhor, mais uma vez, cuidado com os charlatães.

Novas dores ocasionadas pelos novos sistemas

(Este breve texto foi extraído dos manuscritos de um velho solitário)

Vejo que, se bons cidadãos se divertiram em governar os Estados e colocar-se no lugar dos reis; se outros se julgaram Triptólemo e Ceres, houve outros, mais orgulhosos, que se colocaram sem cerimônia no lugar de Deus e criaram o universo com a caneta, como Deus o criou outrora com a palavra.

Um dos primeiros que se apresentou a minhas adorações foi um descendente de Tales, chamado Teliamed, que me fez saber que as montanhas e os homens são produzidos pelas águas do mar. Houve na origem belos homens marinhos que em seguida se tornaram anfíbios. Sua bela cauda bifurcada se transformou em coxas e pernas. Eu estava ainda totalmente absorto nas *Metamorfoses* de Ovídio e num livro em que se demonstrava que a raça dos homens era bastarda de uma raça de babuínos: tanto fazia para mim descender de um peixe como de um macaco.

Com o tempo, tive algumas dúvidas sobre essa genealogia e até mesmo sobre a formação das montanhas. Ele me disse:

– Como! Não sabe, então, que as correntes marítimas, que jogam continuamente areia à direita e à esquerda, a dez ou doze pés de altura, quando muito, produziram, numa sequência infinita de séculos, montanhas de vinte mil pés de altura, as quais não são de areia? Fique sabendo que o mar cobriu necessariamente toda a superfície do globo. A prova é que foram vistas âncoras de navio em cima do monte São Bernardo, que ali estavam vários séculos antes que os homens tivessem navios. Imagine que a terra é um globo de vidro que foi por muito tempo coberto totalmente de água.

Quanto mais ele me doutrinava, mais incrédulo eu me tornava. Disse-me ainda:

– Pois, então! Não viu o fálum de Touraine, a trinta e seis léguas do mar? É um acúmulo de conchas com as quais se aduba a terra, como se faz com esterco. Ora, se o mar depositou, na sucessão dos tempos, uma mina inteira de conchas a trinta e seis léguas do oceano, por que não se terá estendido até três mil léguas, durante vários séculos, sobre nosso globo de vidro?

Eu lhe respondi:

– Sr. Teliamed, há pessoas que fazem quinze léguas por dia a pé, mas não podem fazer cinquenta. Não creio que meu jardim seja de vidro; quanto a seu fálum, ainda fico em dúvida que seja um leito de conchas do mar. Poderia muito bem ser que não passasse de um depósito de pequenas pedras calcárias que tomam facilmente a forma de fragmentos de conchas, como há pedras que tomaram a configuração de línguas e que não são línguas; de estrelas, e que não são astros; de serpentes enroscadas sobre si, e que não são serpentes; de partes naturais do belo sexo, e que, no entanto, não são despojos das mulheres. Veem-se dendritos, pedras com figuras, que representam árvores e casas, sem que jamais essas pequenas pedras tenham sido casas e carvalhos.

Se o mar depositou tantos leitos de conchas em Touraine, por que teria negligenciado a Bretanha, a Normandia, a Picardia e todas as outras costas? Receio que esse fálum tão celebrado não provenha mais do mar que dos homens. E mesmo que o mar se tivesse expandido até trinta e seis léguas, não quer dizer que o tenha feito até três mil, e mesmo até trezentas, e que todas as montanhas foram produzidas pelas águas. Tanto faz dizer que o Cáucaso formou o mar como pretender que o mar tenha feito o Cáucaso.

– Mas, senhor incrédulo, que é que você pode dizer das ostras petrificadas que foram encontradas no cume dos Alpes?

– Direi, senhor criador, que não vi mais ostras petrificadas que âncoras de navio no alto do monte Cenis. Direi o que já foi dito, que foram encontradas lascas de ostras (que se petrificam facilmente) a grandes distâncias do mar, como foram desenterradas medalhas romanas a cem léguas de Roma; e prefiro acreditar que peregrinos de São Tiago largaram algumas conchas a caminho de São Maurício a imaginar que o mar formou o monte São Bernardo.

Há conchas por toda parte; mas é realmente certo que não são despojos de testáceos e de crustáceos de nossos lagos, bem como de pequenos animais marinhos?

– Senhor incrédulo, cuidado que vou fazê-lo passar por ridículo no mundo que me proponho a criar!

– Senhor criador, que seja o que quiser; cada um é senhor em seu mundo; mas nunca me fará acreditar que este onde estamos seja de vidro, nem que algumas conchas sejam prova de que o mar produziu os Alpes e o monte Taurus. Sabe muito bem que não há nenhuma concha nas montanhas da América. Com certeza não foi o senhor que criou esse hemisfério, e deve ter-se contentado em formar o velho mundo: já é muito.

– Senhor, senhor, se não descobriram conchas nas montanhas da América, *haverão de descobri-las.*

– Senhor, isso é falar como criador, que conhece seu segredo e que está seguro do que fez. Deixo-lhe, se quiser, seu fálum, contanto que me deixe minhas montanhas. Aliás, sou o extremamente humilde e obediente servo de sua Providência.

No tempo em que assim me instruía com Teliamed, um jesuíta irlandês disfarçado em homem, aliás grande observador, e que tinha bons microscópios, fez enguias com farinha de trigo mofado. Não se duvidou mais, então, que fosse possível fazer homens com farinha de bom trigo. Logo foram criadas partículas orgânicas que constituíram homens. Por que não? O grande geômetra Fatio havia até ressuscitado mortos em Londres; com a mesma facilidade se podia fazer criaturas vivas em Paris, com partículas orgânicas; mas, infelizmente, tendo desaparecido as novas enguias de Needham, os novos homens também desapareceram e fugiram para as mônadas que encontraram bem no meio da matéria sutil, globulosa e estriada.

Não que esses criadores de sistemas não tenham prestado grandes serviços à física; Deus me livre de menosprezar seus trabalhos! Foram comparados a alquimistas que, fabricando ouro (que não se fabrica), descobriram bons remédios, ou pelo menos coisas muito curiosas. Alguém pode ser um homem de raro mérito e se enganar sobre a formação dos animais e sobre a estrutura do globo.

Os peixes transformados em homens e as águas transformadas em montanhas não me haviam causado tanto mal quanto o sr. Boudot. Eu me limitava tranquilamente a duvidar, quando um lapão me tomou sob sua proteção. Era um profundo filósofo, mas que jamais perdoava aos que não concordavam com sua opinião. Primeiramente me fez ver claramente o futuro, exaltando minha alma. Fiz tão prodigiosos esforços de exaltação, que caí doente; mas ele me curou, untando-me de resina da cabeça aos pés. Mal me vi em condições de andar, que já me propôs uma viagem às terras austrais, para ali dissecar cabeças de gigantes, o que nos levaria a conhecer claramente a natureza da alma. Eu não podia suportar o mar; ele teve a gentileza de me levar por terra. Mandou cavar um grande túnel no globo terráqueo: esse túnel ia dar direto na Patagônia. Partimos; quebrei uma perna à entrada do túnel; foi um trabalho difícil ajustar a perna: formou-se no local um calo que me aliviou bastante.

Já falei de tudo isso numa de minhas diatribes para instruir o universo muito atento a essas grandes coisas. Estou muito velho; gosto algumas vezes de repetir minhas histórias, a fim de inculcá-las melhor na cabeça dos meninos, para os quais trabalho há tanto tempo.

Casamento do Homem dos Quarenta Escudos

O Homem dos Quarenta Escudos, já bem instruído e tendo acumulado uma pequena fortuna, desposou uma linda jovem que possuía cem escudos de renda. Sua mulher logo ficou grávida. Ele foi procurar seu geômetra e lhe perguntou se ela lhe daria um menino ou uma menina. O geômetra lhe respondeu que as parteiras e as criadas de quarto geralmente o sabiam, mas que os físicos, que predizem os eclipses, não eram tão esclarecidos quanto elas.

Em seguida, quis saber se seu filho ou filha já possuía uma alma. O geômetra lhe disse que isso não era de sua competência e que fosse falar com o teólogo da esquina.

O Homem dos Quarenta Escudos, que já era o homem dos 200 escudos, como mínimo, perguntou em que local se encontrava seu filho.

– Numa pequena bolsa – lhe respondeu o amigo – entre a bexiga e o intestino reto.

– Deus pai! – exclamou. A alma imortal de meu filho nascida e alojada entre a urina e algo de pior!

– Sim, meu caro vizinho, a alma de um cardeal não teve

outro berço; e com tudo isso ainda nos tornamos arrogantes e nos damos ares.

– Ah, senhor sábio, não poderia me dizer como se formam os filhos?

– Não, meu amigo; mas, se quiser, vou lhe dizer o que os filósofos imaginaram, isto é, como os filhos não se formam.

"Em primeiro lugar, o reverendo padre Sánchez, em seu excelente livro *De Matrimonio*, é inteiramente da opinião de Hipócrates; crê, como um artigo de fé, que os dois veículos fluidos do homem e da mulher se lançam e se unem e que nesse momento o filho é concebido por essa união; está tão persuadido desse sistema físico, tornado teológico, que examina, no capítulo XXI do livro segundo, *utrum virgo Maria semen emiserit in copulatione cum Spiritu Sancto*.(5)

– Oh! Senhor, já disse que não entendo latim; explique-me em francês o oráculo do padre Sánchez.

O geômetra lhe traduziu o texto, e ambos tiveram calafrios de horror.

O recém-casado, julgando Sánchez prodigiosamente ridículo, ficou, no entanto, muito satisfeito com Hipócrates; e estimava que sua mulher havia preenchido todas as condições impostas por esse médico para fazer um filho.

– Infelizmente, lhe disse o vizinho, há muitas mulheres que não produzem nenhum líquido, que só recebem, com aversão, as carícias de seus maridos e, no entanto, têm filhos. Só isso depõe contra Hipócrates e Sánchez. De resto, tudo leva a crer que a natureza age sempre nos mesmos casos, segundo os mesmos princípios; ora, há muitas espécies de animais que geram sem cópula, como os peixes de escamas, as ostras, os pulgões. Foi preciso, portanto, que físicos procurassem uma mecânica de geração que conviesse a todos os animais. O célebre Harvey,

(5) Frase latina que significa "se a virgem Maria produziu sêmen na cópula com o Espírito Santo". (N.T.)

que por primeiro demonstrou a circulação e que era digno de descobrir o segredo da natureza, julgou tê-lo descoberto nas galinhas: elas põem ovos, e concluiu que as mulheres também os punham. Os gracejadores de mau gosto disseram que era por isso que os burgueses, e até alguns cortesãos, chamam a própria mulher ou a amante de minha *galinha* e que se diz que todas as mulheres são galantes porque gostariam que os galos as achassem belas. Apesar desses gracejos, Harvey não mudou de opinião e ficou estabelecido em toda a Europa que nós procedemos de um ovo.

O HOMEM DOS QUARENTA ESCUDOS

Mas, senhor, já me disse que a natureza é sempre semelhante a si mesma, que age sempre pelo mesmo princípio, no mesmo caso: as mulheres, as éguas, as mulas, as enguias, não põem ovos; o senhor está gracejando comigo.

O GEÔMETRA

Elas não põem ovos para fora, mas os põem para dentro; têm ovários como todas as aves; as éguas, as enguias também os têm. Um ovo se destaca do ovário; é chocado na matriz. Veja todos os peixes de escamas, as rãs: põem ovos que o macho fecunda. As baleias e os outros animais marinhos dessa espécie fazem eclodir seus ovos em sua matriz. As traças, as mariposas, os mais vis insetos, são visivelmente formados de um ovo: tudo vem de um ovo; e nosso globo é um grande ovo que contém todos os outros.

O HOMEM DOS QUARENTA ESCUDOS

Na realidade, esse sistema tem em si todas as características da verdade; é simples, é uniforme, é evidente aos olhos em mais de metade dos animais; estou muito satisfeito, não quero outro; os ovos de minha mulher me são realmente caros.

O GEÔMETRA

Com o tempo, todos se cansaram desse sistema; começaram a fazer filhos de outra forma.

O HOMEM DOS QUARENTA ESCUDOS

E por que, se essa forma é tão natural?

O GEÔMETRA

É que se passou a afirmar que nossas mulheres não têm ovários, mas somente pequenas glândulas.

O HOMEM DOS QUARENTA ESCUDOS

Suspeito que pessoas que tinham outro sistema a propor quiseram desacreditar os ovos.

O GEÔMETRA

Poderia muito bem ser assim. Dois holandeses se propuseram examinar o líquido seminal ao microscópio, o do homem e o de vários animais, e julgaram perceber animais totalmente formados que corriam com inconcebível rapidez. Descobriram-nos até mesmo no fluido seminal do galo. Julgou-se, então, que os machos faziam tudo, e as fêmeas nada; elas serviam unicamente para carregar o tesouro que o macho lhes havia confiado.

O HOMEM DOS QUARENTA ESCUDOS

Isso é muito estranho. Tenho algumas dúvidas sobre todos esses minúsculos animais que se agitam tão prodigiosamente num líquido, para ficar em seguida imóveis nos ovos dos pássaros e para ficar não menos imóveis durante nove meses, fora alguns solavancos, no ventre da mulher; isso não me parece consequente. Não é essa, pelo que posso julgar, a marcha da natureza. Como são feitos, por favor, esses minúsculos homens que são tão bons nadadores no líquido de que me fala?

O GEÔMETRA

Como minúsculos vermes. Havia, sobretudo, um médico, chamado Andry, que via vermes por toda parte e que queria absolutamente destruir o sistema de Harvey. Teria, se tivesse podido, acabado com a circulação do sangue, porque outro a havia descoberto. Finalmente, dois holandeses e o sr. Andry, à força de cair no pecado de Onan e de examinar as coisas no microscópio, reduziram o homem a uma lagarta. Somos primeiramente um verme como ela; depois, em nosso invólucro, nos tornamos como ela, durante nove meses, uma verdadeira crisálida, que os camponeses chamam *fava*. Em seguida, se a lagarta se torna borboleta, nós nos tornamos homens: essas são nossas metamorfoses.

O HOMEM DOS QUARENTA ESCUDOS

Pois bem! E a coisa parou por aí? Não houve depois uma nova moda?

O GEÔMETRA

Todos enjoaram de ser lagarta. Um filósofo extremamente divertido descobriu numa *Vênus física* que a atração fazia os filhos; eis como a coisa se opera. Uma vez que o germe caiu na matriz, o olho direito atrai o olho esquerdo, que chega para se unir a ele na qualidade de olho; mas é impedido pelo nariz, que encontra pelo caminho, e que o obriga a colocar-se à esquerda. O mesmo ocorre com os braços, com as coxas e com as pernas, que se unem às coxas. É difícil explicar, nessa hipótese, a situação das mamas e das nádegas. Esse grande filósofo não admite nenhum desígnio do Ser criador na formação dos animais; está bem longe de acreditar que o coração seja feito para receber o sangue e bombeá-lo, o estômago para digerir, os olhos para ver, o ouvido para ouvir: isso lhe parece demasiado vulgar; tudo se faz por atração.

O HOMEM DOS QUARENTA ESCUDOS

Aí está um mestre bem louco. Espero que ninguém tenha aderido a uma teoria tão extravagante.

O GEÔMETRA

Riram muito sobre isso tudo; mas o que houve de triste é que esse insensato se assemelhava aos teólogos, que perseguem o mais que podem aqueles a quem fazem rir.

Outros filósofos imaginaram outras maneiras, mas que não tiveram grande sucesso: não é mais o braço que vai procurar o braço; não é mais a coxa que corre atrás da coxa; são pequenas moléculas, pequenas partículas de braço e de coxa que se colocam umas sobre as outras. Talvez finalmente fôssemos obrigados a voltar aos ovos, depois de ter perdido tanto tempo.

O HOMEM DOS QUARENTA ESCUDOS

Estou perplexo com tudo isso; mas qual foi o resultado de todas essas discussões?

O GEÔMETRA

A dúvida. Se a questão tivesse sido debatida entre teólogos, teria havido excomunhões e derramamento de sangue; mas, entre físicos, logo se restabelece a paz; cada um deles foi deitar com sua respectiva mulher, sem se preocupar em absoluto com seus ovários ou com suas trompas de Falópio. As mulheres engravidaram, sem ao menos se questionar como esse mistério se opera. É assim que você semeia o trigo e ignora como o trigo germina na terra.

O HOMEM DOS QUARENTA ESCUDOS

Oh!, sei disso muito bem; isso me foi dito há muito tempo:

é por apodrecimento. Entretanto, às vezes me dá vontade de rir de tudo o que andaram me dizendo.

O GEÔMETRA

Não deixa de ser uma vontade de todo razoável. Eu o aconselho a duvidar de tudo, exceto que os três ângulos de um triângulo são iguais a dois retos e que os triângulos que têm a mesma base e a mesma altura são iguais entre si, ou outras proposições semelhantes, como por exemplo, que dois e dois são quatro.

O HOMEM DOS QUARENTA ESCUDOS

Sim, creio que é muito sensato duvidar; mas me sinto curioso depois que fiz fortuna e que disponho de tempo livre. Gostaria de, quando minha vontade move meu braço ou minha perna, descobrir a mola pela qual os move, pois certamente deve haver uma. Às vezes fico totalmente surpreso ao poder levantar e baixar os olhos e não poder mover minhas orelhas. Penso e gostaria de conhecer um pouco... isto aqui... tocar com o dedo meu pensamento. Isso deve ser muito curioso. Fico me questionando se penso por mim mesmo, se Deus me dá minhas ideias, se minha alma veio para meu corpo depois de seis semanas ou depois de um dia e como se alojou em meu cérebro; se penso muito quando durmo profundamente e quando estou em letargia. Trituro os miolos para saber como um corpo produz outro corpo. Minhas sensações não me espantam menos: encontro nelas algo de divino, e, sobretudo, no prazer.

Às vezes fiz algum esforço para imaginar um novo sentido e nunca consegui chegar a isso. Os geômetras sabem todas essas coisas; tenha a bondade de me instruir a respeito.

O GEÔMETRA

Ai de nós! Somos tão ignorantes quanto você: dirija-se à Sorbonne.

O Homem dos Quarenta Escudos se torna pai e tece considerações sobre os monges

Quando o Homem dos Quarenta Escudos se viu pai de um menino, começou a julgar-se homem de algum peso no Estado; esperava dar ao menos dez súditos ao rei e todos eles úteis. Era o melhor do mundo na confecção de cestos, e sua mulher era uma excelente costureira. Ela havia nascido nas proximidades de uma grande abadia de cem mil libras de renda. Seu marido me perguntou um dia por que motivo esses senhores, que eram tão pouco numerosos, haviam embolsado tantas porções de 40 escudos.

– São mais úteis à pátria que eu?

– Não, meu caro vizinho.

– Concorrem como eu para o povoamento do país?

– Não, pelo menos aparentemente.

– Cultivam a terra? Defendem o Estado quando é atacado?

– Não, rezam a Deus por você.

– Por isso! Eu rezarei a Deus por eles, e vamos dividir a proteção.

– Quantos desses indivíduos úteis acredita que os conventos encerram, seja em número de homens, seja em número de mulheres, no reino?

– Segundo os memoriais dos intendentes, feitos no final do século passado, havia aproximadamente 90 mil.

– Por nossa velha conta, não deveriam, a 40 escudos por cabeça, possuir senão 10 milhões e 800 mil libras; quanto possuem mesmo?

– Chega a 50 milhões, contando as missas e as coletas dos monges mendicantes, que realmente impõem ao povo um imposto considerável. Um irmão pedinte de um convento de Paris se vangloriou publicamente de que sua sacola dava 80 mil libras de renda.

– Vamos ver quanto 50 milhões divididos pelas 90 mil cabeças tonsuradas toca a cada uma.

– Quinhentas e cinquenta e cinco libras.

– É uma soma considerável numa sociedade numerosa, na qual as despesas diminuem por causa da própria quantidade dos consumidores, porquanto custa muito menos a dez pessoas vivendo juntas do que se cada uma delas tivesse seu alojamento e sua mesa em separado.

– E os ex-jesuítas, a quem são dadas hoje 400 libras de pensão, perderam então realmente nesse mercado?

– Não o creio, pois quase todos estão morando com parentes que os ajudam; vários celebram a missa a dinheiro, o que não faziam antes; outros se tornaram preceptores; outros são sustentados por devotas; cada um deles se arranjou à sua maneira, e talvez haja poucos hoje que, tendo provado do mundo e da liberdade, queiram retomar às antigas correntes. A vida monacal, por mais que se diga, não é de forma alguma de invejar. É máxima bastante conhecida que os monges são pessoas que se unem sem se conhecer, vivem sem se estimar e morrem sem se lamentar.

– Acha, então, que se prestaria um grande serviço a eles, ao laicizá-los todos?

– Sem dúvida, ganhariam muito, e o Estado ainda mais; seriam devolvidos à pátria cidadãos e cidadãs que sacrificaram temerariamente sua liberdade numa idade em que as leis não permitem que se disponha de um fundo de 10 centavos de renda; seriam retirados esses cadáveres de seus túmulos: seria uma verdadeira ressurreição. Suas casas se tornariam prefeituras, hospitais, escolas públicas, ou seriam destinadas a fábricas; a população aumentaria, e todas as artes seriam mais bem cultivadas. Poder-se-ia pelo menos diminuir o número dessas vítimas voluntárias, fixando o número dos noviços: a pátria teria mais homens úteis e menos homens infelizes. É o parecer de todos os magistrados, é o desejo unânime do público, desde que os espíritos se tornaram esclarecidos. O exemplo da Inglaterra e de tantos outros Estados é uma prova evidente da necessidade dessa reforma. Que faria hoje a Inglaterra se, em vez de 40 mil marinheiros, tivesse 40 mil monges? Quanto mais se multiplicaram as artes, mais o número de súditos laboriosos se tornou necessário. Há certamente, nos claustros, muitos talentos enterrados que estão perdidos para o Estado. É preciso, para que um reino floresça, o mínimo possível de padres e o máximo possível de artesãos. A ignorância e a barbárie de nossos ancestrais, longe de constituir uma regra para nós, não são mais que um aviso para fazer o que eles fariam se estivessem em nosso lugar com nossas luzes.

– Não é, portanto, por ódio contra os monges que o senhor quer aboli-los? É por piedade deles; é por amor à pátria. Penso da mesma forma. Não gostaria que meu filho se tornasse monge; e, se pensasse que deveria ter filhos para o claustro, não deitaria mais com minha mulher.

– Qual é, com efeito, o bom pai de família que não chora ao ver seu filho ou sua filha perdido para a sociedade? Chamam a isso *salvar-se*; mas um soldado que se salva quando deve combater é punido. Somos todos soldados do Estado; estamos a soldo da sociedade, e nos tornamos desertores quando a abandonamos. Que digo? Os monges são parricidas que aniquilam uma posteridade inteira. Noventa mil enclausurados, que berram ou gargarejam em latim, poderiam dar, cada um, dois súditos ao Estado: isso resulta em 180 mil homens que eles fazem perecer ainda em germe. Ao fim de cem anos, a perda é imensa: isso se demonstra por si.

Por que, então, o monaquismo prevaleceu? Porque o governo foi em quase toda parte detestável e absurdo desde Constantino; porque o Império Romano teve mais sacerdotes que soldados; porque só no Egito havia cem mil; porque eram isentos de trabalho e de impostos; porque os chefes das nações bárbaras que destruíram o império, tendo-se feito cristãos para governar cristãos, exerceram a mais horrível tirania; porque as pessoas se encerravam em multidão nos claustros para escapar ao furor desses tiranos e se sujeitavam a uma escravidão para escapar de outra; porque os papas, ao instituir tantas ordens diferentes de vagabundos sagrados, constituíram para si outros tantos súditos nos outros Estados; porque um camponês prefere ser chamado *meu reverendo padre* e dar bênçãos a conduzir a charrua; porque não sabe que a charrua é mais nobre que a batina; porque gosta mais de viver à custa dos tolos do que por um trabalho honrado; enfim, porque não sabe que, fazendo-se monge, reserva para si mesmo dias infelizes, tecidos de aborrecimento e de arrependimento.

– Vamos lá, senhor, basta de monges, para felicidade deles e para a nossa. Mas fico surpreso ao ouvir um senhor de minha aldeia, pai de quatro filhos e de três filhas, dizer que não saberá como lhes dar um futuro, se não mandar as filhas para um convento.

– Essa alegação, tantas vezes repetida, é desumana, antipatriótica e destruidora da sociedade. Todas as vezes que se pode dizer de um estado de vida, qualquer que seja, "Se todos abraçassem esse estado de vida, o gênero humano estaria perdido", está demonstrado que esse estado não vale nada e que aquele que o abraça traz prejuízo ao gênero humano enquanto nele estiver.

Ora, é claro que, se todos os meninos e todas as meninas se enclausurassem, o mundo pereceria; portanto, o monaquismo é só por isso inimigo da natureza humana, independentemente dos espantosos males que algumas vezes lhe causou.

– Não se poderia dizer outro tanto dos soldados?

– Certamente que não, pois, se cada cidadão se exercita nas armas por seu turno, como outrora em todas as repúblicas, e sobretudo naquela de Roma, o soldado não deixa de ser melhor cultivador; o soldado cidadão se casa e combate pela mulher e pelos filhos. Prouvera a Deus que todos os lavradores fossem soldados e casados! Seriam excelentes cidadãos. Mas um monge, enquanto homem, só serve para devorar a substância de seus compatriotas. Não há verdade mais reconhecida.

– Mas as filhas, senhor, as filhas dos bons homens pobres, aquelas que não se consegue casar, que farão?

– Farão, como já se disse mil vezes, o que fazem aquelas da Inglaterra, da Escócia, da Irlanda, da Suíça, da Holanda, de metade da Alemanha, da Suécia, da Noruega, da Dinamarca, da Tartária, da Turquia, da África e de quase todo o resto da terra. Serão melhores esposas, melhores mães, quando os homens se tiverem acostumado, como na Alemanha, a tomar esposas sem dote. Uma mulher laboriosa e afeita aos trabalhos domésticos será mais útil numa casa do que a filha de um administrador que gasta mais em coisas supérfluas de tudo o que trouxe de rendimentos ao marido.

É necessário que haja asilos para a velhice, para a enfermidade, para a invalidez. Mas, devido ao mais detestável dos abusos, as fundações só são destinadas para a juventude e para as pessoas bem formadas. Começa-se, nos claustros, por obrigar os noviços dos dois sexos a expor sua nudez, apesar de todas as leis do pudor; são atentamente examinados pela frente e por trás. Se por acaso uma velha corcunda se apresentar para entrar num claustro, será expulsa com desprezo, a menos que se apresente com um dote imenso. Que digo? Toda religiosa deve levar seu dote, sem o que se transformará no refugo do convento. Nunca houve abuso mais intolerável.

– Depois disso, senhor, juro que minhas filhas jamais serão religiosas. Aprenderão a fiar, a costurar, a fazer renda, a bordar, a se tornar úteis. Considero os votos como um atentado contra a pátria e contra si mesmo. Explique-me, por favor, como pode ocorrer que um de meus amigos, para contradizer o gênero humano, alegue que os monges são muito úteis à população de um Estado, porque seus edifícios são mantidos em melhor estado do que aqueles dos senhores feudais e suas terras são mais bem cultivadas?

– Sério? Que amigo é esse que faz afirmação tão estranha?

– É o *Amigo dos homens*, ou melhor, amigo dos monges.

– Estava a fim de brincar, pois ele sabe muito bem que dez famílias, cada uma com 5 mil libras de renda da terra, são cem vezes, mil vezes mais úteis que um convento que desfruta de uma renda de 50 mil libras e que sempre tem um tesouro secreto. Ele elogia as belas casas construídas pelos monges e é precisamente o que irrita os cidadãos: é o motivo das queixas da Europa. O voto de pobreza condena os palácios, como o voto de humildade se opõe ao orgulho e como o voto de aniquilar a própria raça contradiz a natureza.

– Começo a crer que se deve desconfiar muito dos livros.

– Deve-se usar deles como se procede com os homens: escolher os mais razoáveis, examiná-los e nunca se render senão à evidência.

DOS IMPOSTOS PAGOS AO ESTRANGEIRO

Há um mês, o Homem dos Quarenta Escudos veio me procurar, segurando a barriga de tanto rir; ria com tanta vontade que também comecei a rir, sem saber do que se tratava: tanto o homem é imitador! Tanto o instinto nos domina! Tanto as grandes expansões da alma são contagiosas!

Ut ridentibus arrident, ita flentibue adflent [6]
Humani vultus.[7]

Depois que riu à vontade, ele me contou que acabava de encontrar um homem que se dizia protonotário da Santa Sé e que esse homem remetia grande soma de dinheiro, a trezentas léguas daqui, a um italiano, em nome de um francês a quem o rei havia concedido um pequeno feudo, e que esse francês jamais poderia usufruir dos benefícios do rei se não remetesse ao referido italiano o montante do primeiro ano de seus rendimentos.

Eu lhe disse:

– A coisa é realmente verdadeira, mas não é tão divertida. Os pequenos direitos dessa espécie custam à França cerca de

---

(6) O jesuíta Sanadon, ao transcrever, trocou *adsunt* por *adflent*. Um admirador de Horácio acredita que foi por isso que os jesuítas foram expulsos. (Nota de Voltaire)

(7) Os dois versos do poeta latino Horácio poderiam ser traduzidos da seguinte forma: "É próprio do rosto humano responder rindo aos que riem e responder chorando aos que choram". (N. T.)

400 mil libras por ano; e, durante os aproximadamente dois séculos e meio que esse costume vem durando, já remetemos para a Itália oitenta milhões.

– Deus Pai! – exclamou. Quantas vezes 40 escudos! Quer dizer, então, que esse italiano nos subjugou há dois séculos e meio? E nos impôs esse tributo?

– Na verdade, respondi, outrora nos taxava de uma forma bem mais onerosa. Isso não passa de uma bagatela, em comparação com aquilo que por muito tempo tirou de nossa pobre nação e das outras pobres nações da Europa.

Então lhe contei como essas santas usurpações se haviam estabelecido. Ele sabe um pouco de história; tem bom senso: compreendeu facilmente que havíamos sido escravos, aos quais ainda restava uma pequena ponta de grilhões. Falou longamente com energia contra esse abuso; mas com que respeito pela religião em geral! Como venerava os bispos! Como lhes desejava muitos 40 escudos, a fim de que os gastassem em suas dioceses em boas obras!

Queria também que todos os padres vigários das áreas rurais tivessem um número suficiente de 40 escudos, para que pudessem viver com decência.

– É triste, dizia, que um padre vigário se veja obrigado a reivindicar três feixes de trigo de seu rebanho e não seja largamente remunerado pela província. É vergonhoso que esses senhores estejam sempre metidos em intrigas com seus senhores. Essas eternas contestações por direitos imaginários, por dízimos, destroem a consideração que se lhes deve. O infeliz cultivador, que já pagou aos prepostos sua décima parte e os dois centavos por libra, além da talha, da capitação e do resgate pelo alojamento de militares, depois de já os ter alojado, etc., etc., etc.; esse desafortunado, digo, que ainda vê seu vigário lhe arrebatar a décima parte de sua colheita, não o considera mais como seu pastor, mas como seu esfolador, que lhe arranca o pouco de pele que lhe resta.

Compreende muito bem que, ao lhe tirar o décimo feixe de trigo por direito divino, se tem a crueldade diabólica de não levar em conta o que lhe custou para produzir esse feixe. Que sobra para ele e para sua família? O pranto, a penúria, o desânimo, o desespero; e acaba morrendo de fadiga e de miséria. Se o padre vigário fosse pago pela província, ele seria o consolo de seus paroquianos, em vez de ser considerado por eles como seu inimigo.

Esse homem digno se enternecia ao pronunciar essas palavras; ele amava sua pátria e era um idólatra do bem público. Às vezes exclamava: "Que nação seria a França, se a gente o quisesse!"

Fomos ver seu filho, a quem a mãe, muito asseada e bem lavada, oferecia um farto seio branco. O menino era muito bonito.

– Ai! – disse o pai – aqui estás, pois, e só tens a aspirar por vinte e três anos de vida e por 40 escudos!

Das proporções

O produto dos extremos é igual ao produto dos meios; mas dois sacos de trigo roubados não estão para aqueles que os levaram como a perda de sua vida está para os interesses da pessoa roubada.

O prior de ***, a quem dois de seus criados roubaram dois sesteiros de trigo, acaba de mandar enforcar os dois delinquentes. Essa execução lhe custou mais do que lhe rendera toda a colheita, e desde esse tempo não encontra mais empregados.

Se as leis ordenassem que aqueles que roubassem o trigo do patrão tivessem de lavrar as terras dele durante toda a vida, com ferros nos pés e uma campainha no pescoço, presa a um colar, esse prior teria ganho muito.

Deve-se incutir medo pelo crime: sim, sem dúvida; mas o trabalho forçado e a vergonha permanente intimidam mais que o poder.

Há alguns meses, em Londres, um malfeitor foi condenado ao exílio na América para trabalhar com os negros nos engenhos de açúcar. Todos os criminosos na Inglaterra, como em muitos outros países, têm direito de recorrer ao rei, seja para obter perdão total, seja para diminuição da pena. Este pediu para ser enforcado: alegou que odiava mortalmente o trabalho e que preferia ser estrangulado num minuto do que fabricar açúcar pelo resto da vida.

Outros podem pensar de outra maneira, cada um tem seu gosto; mas já foi dito e convém repetir que um enforcado não serve para nada, e os suplícios devem ser úteis.

Há alguns anos, na Tartária, dois jovens foram condenados a ser empalados por terem assistido, de chapéu na cabeça, a uma procissão de lamas. O imperador da China, que é um homem de muito espírito, disse que os teria condenado a marchar em procissão, de cabeça descoberta, durante três meses.

"Que as penas sejam proporcionais aos delitos", disse o marquês Beccaria; mas aqueles que fizeram as leis não eram geômetras.

Se o padre Guyon, ou Cogé, ou o ex-jesuíta Nonotte, ou o ex-jesuíta Patouillet, ou o pregador La Beaumelle fazem miseráveis libelos, em que não há nem verdade nem razão nem espírito, vamos mandá-los para a forca, como o fez o prior de *** com seus dois criados, e isso sob pretexto de que os caluniadores são mais culpados que os ladrões?

Condenaríamos o próprio Fréron às galés por ter insultado o bom gosto e por ter mentido toda a vida, na esperança de pagar o taberneiro?

Levaríamos o sr. Larcher ao pelourinho porque foi muito tirânico, porque acumulou erro sobre erro, porque nunca soube distinguir nenhum grau de probabilidade, porque queria que, numa antiga e imensa cidade, famosa por sua distinção e pelo zelo dos maridos, em Babilônia, enfim, onde as mulheres eram custodiadas por eunucos, todas as princesas fossem por devoção oferecer no templo e publicamente seus favores aos estrangeiros por dinheiro? Contentemo-nos em mandá-lo para outros lugares correr atrás de boas fortunas; sejamos moderados em tudo; preocupemo-nos em estabelecer alguma proporção entre delitos e penas.

Perdoemos a esse pobre Jean-Jacques quando só escreve para se contradizer; quando, após ter apresentado uma comédia vaiada no teatro de Paris, injuria aqueles que apresentam comédias a cem léguas dali; quando procura protetores e os ultraja; quando critica os romances e faz romances cujo herói é um tolo preceptor que recebe esmola de uma suíça na qual fez um filho e que vai gastar o dinheiro num bordel de Paris; deixemo-lo acreditar que ultrapassou Fénelon e Xenofonte, educando um jovem de qualidade no ofício de marceneiro: essas extravagantes chatices não merecem uma ordem de detenção; basta o hospício com bons caldos, sangrias e regime.

Odeio as leis de Dracon, que puniam igualmente os crimes e as faltas, a maldade e a loucura. Não tratemos o jesuíta Nonotte, que só é culpado de ter escrito tolices e injúrias, como foram tratados os jesuítas Malagrida, Oldcorn, Garnet, Guiznard, Gueret e como se deveria tratar o jesuíta Le Tellier, que enganou seu rei e perturbou a França. Distingamos principalmente em todo processo, em todo litígio, em toda disputa, o agressor do ultrajado, o opressor do oprimido. A guerra ofensiva é própria de um tirano; aquele que se defende é um homem justo.

Eu estava mergulhado nessas reflexões quando o Homem dos Quarenta Escudos chegou, em lágrimas. Surpreso, lhe perguntei se seu filho, que deveria viver vinte e três anos, tinha morrido. Ele me respondeu:

– Não, o pequeno vai muito bem, e minha mulher também; mas fui chamado como testemunha contra um moleiro que foi submetido a todo tipo de tortura e foi declarado inocente. Eu o vi desmaiar nas torturas redobradas; ouvi seus ossos estalando; ainda ouço seus gemidos e gritos, que me perseguem; choro de piedade e tremo de horror.

Comecei a chorar também e a tremer, pois sou extremamente sensível.

Veio-me, então, à memória a espantosa aventura dos Calas: uma mãe virtuosa nos grilhões, suas filhas desoladas e fugitivas, sua casa pilhada; um respeitável pai de família alquebrado pela tortura, agonizando no suplício da roda e expirando nas chamas; um filho carregado de correntes, arrastado perante os juízes, um dos quais lhe diz: "Acabamos de levar seu pai ao suplício da roda e faremos o mesmo com você".[8]

Lembro-me da família Sirven, que um de meus amigos encontrou em montanhas cobertas de neve, quando fugiam da perseguição de um juiz tão iníquo quanto ignorante.

– Esse juiz, me disse, condenou toda essa família inocente ao suplício, supondo, sem o menor indício de prova, que o pai e a mãe, auxiliados por duas de suas filhas, haviam estrangulado e afogado a terceira, de medo que ela fosse à missa.

Eu via ao mesmo tempo, nos julgamentos dessa espécie, o cúmulo da estupidez, da injustiça e da barbárie.

O Homem dos Quarenta Escudos e eu lamentávamos a natureza humana. Eu tinha no bolso o discurso de um advogado do Delfinado, que versava em parte sobre esses assuntos interessantes. Li para ele os trechos seguintes:

"*Certamente foram homens verdadeiramente grandes que por primeiro ousaram encarregar-se do governo de seus semelhantes e se impor o fardo da felicidade pública; que, pelo bem que queriam fazer aos homens, se expuseram à sua ingratidão e, para o bem-estar de um povo, renunciaram ao seu; que se colocaram, por assim dizer, entre os homens e a Providência, para lhes conseguir, por artifício, uma felicidade que esta parecia ter-lhes recusado.*"

(8) Fato real narrado no primeiro capítulo da obra de Voltaire intitulada *Tratado sobre a Tolerância.* (N.T.)

....

"Que magistrado, um pouco sensível a seus deveres, à simples humanidade, poderia sustentar essas ideias? Poderá ele, na solidão de um gabinete, sem tremer de horror e de piedade, lançar os olhos sobre esses papéis, infelizes monumentos do crime ou da inocência? Não lhe parecerá ouvir vozes gementes sair desses fatais escritos e pressioná-lo a decidir da sorte de um cidadão, de um esposo, de um pai, de uma família? Que impiedoso juiz (se for encarregado de um único processo criminal) poderá passar de sangue frio diante de uma prisão? Sou eu, então, poderá dizer, que mantenho nessa detestável morada meu semelhante, talvez meu igual, meu concidadão, um homem, enfim! Sou eu que o amarro todos os dias, que fecho atrás dele essas odiosas portas! Talvez o desespero se tenha apoderado de sua alma; grita em direção aos céus meu nome com maldições e, sem dúvida, atesta contra mim o grande Juiz que nos observa e que nos deve julgar a ambos."

....

"Aqui se apresenta de repente a meus olhos um espetáculo assustador; o juiz se cansa de interrogar com a palavra; quer interrogar por meio dos suplícios: impaciente em suas pesquisas, e talvez irritado com sua inutilidade, manda trazer tochas, correntes, alavancas e todos esses instrumentos inventados para a dor. Um carrasco vem se juntar às funções da magistratura e terminar pela violência um interrogatório iniciado pela liberdade.

Doce filosofia! Tu que só procuras a verdade com a atenção e a paciência, esperavas que, em teu século, empregassem tais instrumentos para descobri-la?

É realmente verdade que nossas leis aprovam esse método inconcebível e que o uso o consagra?"

....

"Suas leis imitam seus preconceitos; as punições públicas são tão cruéis quanto as vinganças particulares e os atos de

sua razão não são praticamente menos impiedosos que aqueles de suas paixões. Qual é, pois, a causa dessa bizarra oposição? É que nossos preconceitos são antigos e nossa moral é recente; é que estamos tão compenetrados de nossos sentimentos como somos desatentos a nossas ideias; é que a avidez dos prazeres nos impede de refletir sobre nossas necessidades e que nos empenhamos mais em viver do que em nos dirigir; é que, numa palavra, nossos costumes são amáveis e não são bons; é que somos gentis, e não somos ao menos humanos."

Esses fragmentos, que a eloquência havia ditado à humanidade, encheram de doce consolo o coração de meu amigo. Ele admirava com emoção.

– Como – dizia em seus transportes – se fazem obras-primas na província! Diziam que só havia Paris no mundo.

– Só há Paris, lhe disse, onde se fazem óperas cômicas; mas há hoje, nas províncias, muitos magistrados que pensam com a mesma virtude e se exprimem com a mesma força. Outrora os oráculos da justiça, bem como os da moral, não eram senão ridículos. O dr. Balouard declamava no tribunal, e Arlequim no púlpito. Finalmente, chegou a filosofia que disse:

– Não falem em público senão para dizer verdades novas e úteis, com a eloquência do sentimento e da razão.

– Mas se não tivermos nada de novo a dizer? – exclamaram os faladores.

– Calem-se, então, respondeu a filosofia; todos esses vãos discursos de aparato, que só contêm frases, são como os fogos de São João, acesos no dia do ano em que se tem menos necessidade de se aquecer; não causam nenhum prazer e nada mais sobra deles senão as cinzas.

Que toda a França leia bons livros. Mas, apesar dos progressos do espírito humano, se lê muito pouco; e, entre aqueles que querem às vezes se instruir, a maioria lê muito mal. Meus vizinhos e minhas vizinhas jogam, depois do jantar, um jogo inglês cujo nome tenho muita dificuldade em pronunciar, pois o chamam de *wisk*. Muitos bons burgueses, muitas grandes cabeças, que se julgam boas cabeças, dizem, com ar de importância, que os livros não servem para nada. Mas, senhores ignorantes, vocês sabem que não são governados senão por livros? Não sabem que o código civil, o código militar e o Evangelho são livros dos quais vocês dependem continuamente? Leiam, esclareçam-se; só pela leitura se fortalece a alma; a conversa a dissipa, o jogo a restringe.

– Tenho muito pouco dinheiro, me respondeu o Homem dos Quarenta Escudos; mas, se algum dia conseguir acumular uma pequena fortuna, vou comprar livros no Marc-Michel Rey.

Da sífilis

O Homem dos Quarenta Escudos morava num pequeno cantão, onde fazia cento e cinquenta anos que não acampavam soldados. Os costumes, nesse canto de terra desconhecido, eram mais puros do que o ar que o cerca. Não se sabia, por outro lado, que o amor pudesse estar infectado de um veneno destruidor, que as gerações fossem atacadas em seu germe e que a natureza, contradizendo-se a si mesma, pudesse tornar horrível a ternura e o prazer, amedrontador; entregavam-se ao amor com a segurança da inocência. Chegaram tropas e tudo mudou.

Dois tenentes, o capelão do regimento, um cabo e um recruta proveniente do seminário bastaram para envenenar doze aldeias em menos de três meses. Duas primas do Homem dos Quarenta Escudos viram-se cobertas de pústulas; seus lindos cabelos caíram; sua voz se tornou rouca; as pálpebras de seus olhos, fixos e apagados, tomaram uma cor lívida e não se fecharam mais para permitir entrar o repouso nos membros deslocados, que uma cárie secreta começava a roer como aqueles do árabe Jó, embora Jó jamais tivesse tido essa doença.

O major-cirurgião do regimento, homem de grande experiência, foi obrigado a pedir ajuda à corte, para curar todas as moças da região. O ministro da guerra, sempre inclinado a aliviar o belo sexo, enviou uma leva de ajudantes de cirurgia, que estragaram com uma das mãos o que restabeleceram com a outra.

O Homem dos Quarenta Escudos lia, então, a história filosófica de *Cândido*[9], traduzida do alemão pelo dr. Ralph, que prova evidentemente que tudo está bem e que era absolutamente *impossível*, no melhor dos mundos *possíveis*, que a sífilis, a peste, os cálculos renais, as escrófulas, a câmara de Valência e a Inquisição não entrassem na composição do universo, desse universo unicamente feito para o homem, rei dos animais e imagem de Deus, o qual bem se vê que se assemelha como duas gotas de água.

Lia, na história verdadeira de *Cândido*, que o famoso dr. Pangloss havia perdido no tratamento um olho e uma orelha.

– Ai! – disse ele – minhas duas primas, minhas duas pobres primas, ficarão também caolhas e privadas das orelhas?

– Não, lhe disse o major consolador; os alemães têm mão pesada, mas nós vamos curar as moças prontamente, com certeza e agradavelmente.

Com efeito, as duas lindas primas se livraram da doença, ficando com a cabeça inchada como um balão durante seis semanas, perdendo a metade de seus dentes, botando uma língua de meio palmo e morrendo do peito ao cabo de seis meses.

Durante a operação, o primo e o major-cirurgião conversaram como se segue.

O HOMEM DOS QUARENTA ESCUDOS

É possível, senhor, que a natureza tenha unido tão espantosos tormentos a um prazer tão necessário, tanta vergonha a tanta glória, e que haja mais riscos em fazer um filho do que matar um homem? Seria ao menos verdade que, para nosso consolo, esse

(9) *Cândido ou o Otimismo*, obra de Voltaire. (N.T.)

flagelo vai diminuindo um pouco pelo mundo e que se torna dia após dia menos perigoso?

O MAJOR-CIRURGIÃO

Pelo contrário, ele se alastra cada vez mais por toda a Europa cristã; estendeu-se até a Sibéria; vi morrer disso mais de cinquenta pessoas, inclusive um grande general do exército e um ministro de Estado muito sensato. Poucos com o peito fraco resistem à doença e ao remédio. As duas irmãs, a benigna e a fulminante, se ligaram ainda mais que os monges para destruir o gênero humano.

O HOMEM DOS QUARENTA ESCUDOS

Mais uma nova razão para abolir os monges, a fim de que, recolocados na classe dos homens, reparem um pouco o mal que fazem às duas irmãs. Diga-me, por favor, os animais também têm sífilis?

O CIRURGIÃO

Nem a benigna nem a fulminante, nem os monges são conhecidos entre eles.

O HOMEM DOS QUARENTA ESCUDOS

Deve-se admitir, portanto, que são mais felizes e mais prudentes do que nós neste melhor dos mundos.

O CIRURGIÃO

Nunca duvidei disso; eles têm bem menos doenças que nós; seu instinto é muito mais seguro que nossa razão; nem o passado nem o futuro os atormentam jamais.

O HOMEM DOS QUARENTA ESCUDOS

O senhor foi cirurgião de um embaixador da França na Turquia: há muita sífilis em Constantinopla?

O CIRURGIÃO

Os franceses a introduziram no bairro de Pera, onde residem. Conheci ali um capuchinho que estava carcomido por ela como Pangloss; mas a doença não chegou até o centro da cidade, onde os franceses quase nunca dormem. Não há quase prostitutas nessa imensa cidade. Todo homem rico tem mulheres escravas da Circássia, sempre custodiadas, sempre vigiadas e cuja beleza não pode ser perigosa. Os turcos chamam a sífilis de *doença cristã*, o que redobra o profundo desprezo que têm por nossa teologia; mas, em compensação, têm a peste, doença do Egito, de que fazem pouco caso e que nunca se dão ao trabalho de prevenir.

O HOMEM DOS QUARENTA ESCUDOS

Em que época acha que esse flagelo começou na Europa?

O CIRURGIÃO

Na volta da primeira viagem de Cristóvão Colombo para junto dos povos inocentes que não conheciam nem a avareza nem a guerra, em torno do ano de 1494. Essas nações, simples e justas, estavam contaminadas por esse mal desde tempos imemoriais, como a lepra reinava entre os árabes e os judeus, e a peste entre os egípcios. O primeiro fruto que os espanhóis colheram dessa conquista do novo mundo foi a sífilis; ela se espalhou mais rapidamente que a prata do México, que só circulou na Europa muito tempo depois. A razão é que, em todas as cidades, havia então belas casas públicas, chamadas *bordéis*, cujo estabelecimento era autorizado pelos soberanos para preservar a honra das damas. Os espanhóis introduziram o veneno nessas casas privilegiadas, das quais os príncipes e os bispos tiravam as moças que lhes eram necessárias. Consta que em Constança havia 718 dessas mulheres para o serviço do

Concílio que tão devotadamente mandou queimar João Huss e Jerônimo de Praga.

Pode-se julgar somente por esse indício com que rapidez o mal percorreu todos os países. O primeiro senhor que veio a morrer desse mal foi o ilustríssimo e reverendíssimo bispo e vice-rei da Hungria, em 1499, e que Bartolomeo Montanagua, grande médico de Pádua, não conseguiu curar. Gualtieri assegura que o arcebispo de Mogúncia, Berthold de Henneberg, "atacado pela sífilis fulminante, entregou sua alma a Deus em 1504". Sabe-se que nosso rei Francisco I morreu disso. Henrique III a adquiriu em Veneza, mas o jacobino Jacques Clément preveniu os efeitos da doença.

O parlamento de Paris, sempre zeloso pelo bem público, foi o primeiro que baixou um decreto contra a sífilis, em 1497. Proibiu a todos os contaminados de ficar em Paris, sob pena de ser submetido à tortura do azorrague. Mas, como não era fácil convencer juridicamente os burgueses e as burguesas de que estavam em delito, esse decreto não teve maior efeito do que aqueles que foram baixados depois contra a emética; e, apesar do parlamento, o número de culpados aumentava sempre. É certo que, se os tivessem exorcizado, em vez de mandar enforcá-los, não haveria mais desses infectados hoje no mundo; mas, infelizmente, nunca se pensou nisso.

O HOMEM DOS QUARENTA ESCUDOS

É realmente verdade, então, o que li em *Cândido* que, entre nós, quando dois exércitos de 30 mil homens cada um entra em campo de batalha, se pode apostar que há 20 mil contaminados de cada lado?

O CIRURGIÃO

Nada mais verdadeiro. O mesmo acontece na permissividade da Sorbonne. Que quer que façam jovens bacharéis a quem a natureza fala mais alto e mais firme do que a teologia? Posso jurar que, guardadas as proporções, meus coirmãos e eu temos tratado mais de jovens sacerdotes do que de jovens oficiais.

O HOMEM DOS QUARENTA ESCUDOS

Não haveria algum meio de extirpar esse contágio que assola a Europa? Já se tratou de enfraquecer o veneno de uma das espécies de sífilis, não se poderia tentar contra a outra?

O CIRURGIÃO

Só haveria um meio, isto é, que todos os príncipes da Europa se coligassem como nos tempos de Godofredo de Bulhão. Certamente uma cruzada contra a sífilis seria muito mais razoável do que aquelas que outrora tão infelizmente foram empreendidas contra Saladino, Melecsala e contra os albigenses. Seria muito melhor se dispor de comum acordo para expulsar o inimigo comum do gênero humano do que estar continuamente preocupado em espiar o momento favorável para devastar a terra e cobrir os campos de cadáveres, para arrebatar de seu vizinho duas ou três cidades e algumas aldeias. Falo contra meus interesses, pois a guerra e a sífilis fazem minha fortuna, mas é preciso ser homem antes de ser major-cirurgião.

Era assim que o Homem dos Quarenta Escudos ia formando, como foi dito, *o espírito e o coração*. Não só recebeu a herança de suas duas primas, que morreram em seis meses, mas ainda lhe coube a herança de um parente afastado, que havia sido vice-administrador dos hospitais do exército e que havia engordado muito ao colocar os soldados feridos sob regime alimentar. Esse homem jamais quisera se casar; possuía um belo palácio cheio de mulheres. Não reconheceu nenhum de seus parentes, viveu na devassidão e morreu de indigestão em Paris. Era, como se vê, um homem muito útil ao Estado.

Nosso novo filósofo foi obrigado a ir a Paris para receber a herança de seu parente. De início, os administradores da propriedade a disputaram com ele. Teve a felicidade de ganhar o processo, e a generosidade de dar aos pobres do cantão, que não haviam conseguido sua porção de 40 escudos de renda, uma parte dos despojos do ricaço. Depois disso, decidiu satisfazer sua grande ambição de formar uma biblioteca.

Todas as manhãs lia, tirava excertos, e à noite consultava os sábios para saber em que língua a serpente havia falado a nossa boa mãe; se a alma está localizada no corpo caloso ou na glândula pineal; se São Pedro havia permanecido vinte e cinco anos em Roma; que diferença específica existe entre um trono e uma dominação e porque os negros têm nariz chato. Por outro lado, se propôs a jamais governar o Estado e não escrever nenhuma brochura contra as peças novas. Era chamado de sr. André; era seu nome de batismo. Aqueles que o conheceram fazem justiça à sua modéstia e a suas qualidades, tanto adquiridas como naturais. Construiu uma casa confortável em sua antiga propriedade de quatro jeiras. Seu filho em breve estará na idade de frequentar a escola, mas ele quer mandá-lo para o colégio de Harcourt e não para aquele de Mazarino, por causa do professor Cogé, que faz libelos e porque um professor de colégio não deve fazer libelos.

A sra. André lhe deu uma filha muito linda, que pretende casar com um conselheiro da corte, contanto que esse magistrado não tenha a doença que o major-cirurgião tenta extirpar da Europa cristã.

GRANDE DISPUTA

Durante a estada do sr. André em Paris, houve na cidade uma importante disputa. Tratava-se de saber se Marco Antonino era um homem honesto e se estava no inferno ou no purgatório, ou no limbo, à espera da ressurreição. Todas as pessoas honestas tomaram o partido de Marco Antonino. Diziam: "Marco Antonino sempre foi justo, sóbrio, casto, generoso. É verdade que não tem no paraíso um lugar tão belo como o de Santo Antônio, pois é preciso guardar as proporções, como já vimos; mas certamente a alma do imperador Antonino não foi para o espeto, no inferno. Se está no purgatório, é preciso tirá-la de lá; é só mandar rezar para ele. Os jesuítas não têm nada a fazer; que celebrem três mil missas pelo repouso da alma de Marco Antonino; ganharão nisso, a 15 centavos cada uma, 2.250 libras. De resto, deve-se respeito a uma cabeça coroada; não se deve condená-la levianamente".

Os adversários dessa boa gente pretendiam, pelo contrário, que não se deveria ter consideração alguma para com Marco Antonino, porque era um herege; porque os carpócratas e os alógios não eram tão maus como ele; porque havia morrido sem confissão; porque era preciso dar um exemplo; porque era bom condená-lo para dar uma lição aos imperadores da China e do Japão, aos da Pérsia, da Turquia e do Marrocos, aos reis da Inglaterra, da Suécia, da Dinamarca, da Prússia, do governador da Holanda e dos dirigentes do Cantão de Berna, que tampouco se confessavam como o imperador Marco Antonino; e que, finalmente, é um prazer indizível baixar decretos contra soberanos mortos, quando é impossível lançá-los contra eles quando vivos, de medo de perder as próprias orelhas.

A discussão se tornou tão séria como foi outrora aquela das Ursulinas com as Anunciadas, que disputaram quais delas carregariam por mais tempo ovos quentes entre as nádegas, sem quebrá-los. Temia-se por um cisma, como nos tempos dos cento e um Contos de Mamãe Gansa e de certas promissórias pagáveis ao portador no outro mundo. Coisa realmente terrível é um cisma; isso significa *divisão de opiniões* e, até esse momento fatal, todos os homens tinham pensado da mesma forma.

O sr. André, que é um excelente cidadão, convidou os chefes dos dois partidos para um jantar. É um dos melhores convivas que possamos ter; seu gênio é brando e vivaz, sua alegria não é ruidosa; é franco e aberto; não tem essa espécie de espírito que parece querer abafar o de outros; a autoridade que concilia só é devida a suas graças, a sua moderação e a uma fisionomia bonachona que é em tudo persuasiva. Teria conseguido levar a jantar alegremente juntos um corso e um genovês, um representante de Genebra e um pessimista, o mufti e um arcebispo. Anulou habilmente os primeiros golpes que os adversários trocavam entre si, desviando a conversa e contando uma história muito agradável que divertiu igualmente os condenadores e os condenados. Finalmente, quando o vinho começou a subir, conseguiu que todos assinassem que a alma do imperador Marco Antonino permaneceria *in statu quo*, isto é, não se sabe onde, aguardando o julgamento definitivo.

As almas dos doutores voltaram tranquilamente para seus limbos, após o jantar; tudo ficou em paz. Essa acomodação resultou em grande honra para o Homem dos Quarenta Escudos; e todas as vezes que se levantava numa disputa muito acirrada, muito virulenta entre letrados ou não letrados, todos diziam a ambas as partes: "Senhores, vão jantar na casa do sr. André!"

Sei de duas encarniçadas facções que, por não terem ido jantar em casa do sr. André, só atraíram sobre si grandes desgraças.

Um celerado expulso

A reputação que o sr. André havia adquirido de apaziguar as disputas, oferecendo bons jantares, mereceu uma singular visita na semana passada. Um homem de preto, bastante mal vestido, de costas encurvadas, a cabeça encostando num ombro, de olhar feroz, mãos muito sujas, veio conjurá-lo a lhe oferecer um jantar com seus inimigos.

– Quem são seus inimigos, perguntou-lhe o sr. André. E quem é o senhor?

– Ai! – respondeu – confesso, senhor, que me tomam por um desses tratantes que escrevem libelos para ganhar a vida e que clamam: *Deus, Deus, Deus, religião, religião*, para conseguir um pequeno benefício. Acusam-me de ter caluniado os cidadãos mais verdadeiramente religiosos, os mais sinceros adoradores da divindade, as pessoas mais honradas do reino. É verdade, senhor, que, no calor da composição, escapam muitas vezes às pessoas de meu ofício pequenas inadvertências que são tomadas por erros grosseiros, lapsos que são classificados de mentiras impudentes. Nosso zelo é considerado como uma assombrosa mescla de velhacaria e de fanatismo. Asseguram que, embora iludamos a boa-fé de algumas velhas imbecis, constituímos o desprezo e a execração de todas as pessoas honradas que sabem ler.

Meus inimigos são os principais membros das mais ilustres academias da Europa, escritores honrados, cidadãos generosos. Acabo de publicar uma obra que intitulei *Antifilosófica*. Eu só tinha boas intenções, mas ninguém quis comprar meu livro. Aqueles a quem o dei de presente, o jogaram no fogo, dizendo-me que não era somente ilógico, mas anticristão e desonesto.

– Pois bem! – lhe disse o sr. André – imite aqueles a quem deu de presente seu libelo; jogue-o no fogo e não falemos mais nisso. Elogio realmente o seu arrependimento, mas não é possível que o convide a jantar com homens de espírito que não podem ser seus inimigos, uma vez que jamais o lerão.

– Não poderia pelo menos, senhor – retrucou o falso – reconciliar-me com os parentes do falecido sr. Montesquieu, cuja memória ultrajei para glorificar o reverendo padre Routh, que veio perturbar seus últimos momentos e que foi expulso de seu quarto?

– Com os diabos! – retrucou o sr. André – há muito tempo que o padre Routh está morto; vá jantar com ele!

O sr. André não é um homem rude quando tem de tratar com gente má e doida dessa espécie. Compreendeu que o pilantra só queria jantar em sua casa com homens de mérito para suscitar uma discussão, para em seguida caluniá-los, para escrever contra eles, para imprimir novas mentiras. Expulsou-o de sua casa, como haviam expulso Routh do apartamento do presidente Montesquieu.

Não é possível realmente enganar ao sr. André. Tão simples e ingênuo quando era somente o Homem dos Quarenta Escudos, mais esperto se tornou depois que conheceu os homens.

O bom senso do sr. André

Como o bom senso do sr. André se fortaleceu desde que montou sua biblioteca! Vive com os livros como vive com os homens; escolhe-os e nunca se deixa levar pelos nomes. Que prazer instruir-se e engrandecer a alma por um escudo, sem sair de casa!

Ele se felicita por ter nascido numa época em que a razão humana começa a se aperfeiçoar.

"Como eu seria infeliz, diz ele, se a época em que vivo fosse a do jesuíta Garasse, do jesuíta Guignard ou do dr. Boucher, do dr. Aubry, do dr. Guincestre, ou na época em que condenavam às galés aqueles que escreviam contra as categorias de Aristóteles."

A miséria havia enfraquecido as molas da alma do sr. André, em contrapartida, o bem-estar lhes devolveu sua elasticidade. Há milhares de Andrés no mundo, aos quais só faltou uma volta da roda da fortuna para os tornar homens de verdadeiro mérito.

Hoje está a par de todos os negócios da Europa e sobretudo dos progressos do espírito humano.

Na última terça-feira me dizia:

"Parece que a razão viaja por pequenas etapas, do norte para o sul, com suas duas amigas íntimas, a experiência e a tolerância. A agricultura e o comércio a acompanham. Ela se apresentou na Itália, mas a congregação do *Index*[10] a rechaçou. Tudo o que ela pôde fazer foi enviar secretamente alguns de seus emissários, que não se cansam de fazer o bem. Alguns anos mais e o país dos Cipiões não será mais aquele dos Arlequins embatinados.

De tempos em tempos se defronta com cruéis inimigos na França; mas conta nesse país com tantos amigos que, afinal, poderá muito bem ser Primeiro Ministro.

Quando se apresentou na Baviera e na Áustria, encontrou duas ou três grandes cabeças de peruca que a fitaram com olhar estúpido e espantado. E lhe disseram: "Senhora, nunca ouvimos falar na senhora; nós não a conhecemos." – "Senhores, respondeu ela, com o tempo vão me conhecer e me estimar. Fui muito bem recebida em Berlim, em Moscou, em Copenhague, em Estocolmo. Há muito tempo que, por obra de Locke, de Gordon, de Trenchard, do milorde Shaftesbury e de tantos outros, recebi meus documentos de naturalização na Inglaterra. Os senhores também haverão de concedê-la a mim um dia. Sou filha do tempo e tudo espero de meu pai."

Quando passou pelas fronteiras da Espanha e de Portugal, deu graças a Deus por ver que as fogueiras da Inquisição já não se acendiam com tanta frequência; ficou cheia de esperança ao ver expulsar os jesuítas, mas ficou com receio que, ao expelir do país as raposas, não ficasse exposta à entrada dos lobos.

Se fizer novas tentativas para entrar na Itália, acredita-se que começará por estabelecer-se em Veneza e que se estabelecerá no reino de Nápoles, apesar de todas as liquefações desse país, que lhe dão vapores. Presume-se que a razão tenha um segredo infalível para desembaraçar os cordões de uma coroa que se enroscaram, não sei como, aos de uma tiara, e para impedir que as éguas façam reverência às mulas!"

Enfim, o discurso do sr. André me agrada muito; e, quanto mais o vejo, mais o estimo.

---

(10) Alusão à Congregação para a Defesa da Fé, do Vaticano, chamada também Santo Ofício e mais conhecida sob o designativo de Inquisição, que no ano de 1559 elaborou o *Index Librorum Prohibitorum* (índice dos livros proibidos). Esse índice ou lista proibia aos católicos a leitura desses livros que eram condenados por ofenderem a Igreja ou por incluírem erros em questões teológicas. (N.T.)

Um ótimo jantar na casa do sr. André

Jantamos ontem em companhia de um doutor da Sorbonne, o sr. Pinto, famoso judeu, do capelão da igreja reformada do embaixador batavo, do secretário do senhor príncipe Galitzin, de rito grego, de um capitão suíço calvinista, de dois filósofos e de três senhoras de espírito.

O jantar se prolongou por horas e, no entanto, não discutimos absolutamente nada sobre religião, como se nenhum dos convivas jamais tivesse tido alguma; isso quer dizer que nos tornamos corteses e, por isso, tanto mais receamos contristar os próprios irmãos, à mesa! Não é isso que ocorre com o regente Cogé, com o ex-jesuíta Nonotte, com o ex-jesuíta Patouillet, com o ex-jesuíta Rotalier e com todos os animais dessa espécie. Esses miseráveis nos dizem mais tolices numa brochura de duas páginas que a melhor companhia de Paris pode dizer de agradável e instrutivo num jantar de quatro horas. E o mais estranho é que eles não se atreveriam a dizer na frente de ninguém o que têm a impudência de imprimir.

A conversa girou primeiramente em torno de um gracejo das *Cartas Persas*[11], em que se repete, segundo várias personagens graves, que o mundo não só vai piorando, mas também se despovoando a cada dia; de modo que, se o provérbio *quanto mais loucos, mais rimos* tem em si alguma verdade, o riso será incessantemente banido da terra.

O doutor da Sorbonne assegurou que, de fato, o mundo estava reduzido a quase nada. Citou o padre Petau que demonstra que, em menos de trezentos anos, um só dos filhos de Noé (não sei se Sem ou Jafé) havia procriado uma série de filhos que atingia o número de seiscentos e vinte e três bilhões, seiscentos e doze milhões e trezentos e cinquenta e oito mil fiéis, isso no ano 285 após o dilúvio universal.

O sr. André perguntou porque, na época de Filipe o Belo, isto é, cerca de trezentos anos depois de Hugo Capeto, não havia seiscentos e vinte e três bilhões de príncipes da casa real. "É que a fé diminuiu", disse o doutor da Sorbonne.

Falamos muito de Tebas das cem portas e do milhão de soldados que saía por essas portas, com vinte mil carros de guerra. "Basta, basta! – dizia o sr. André – suspeito, desde que comecei a ler, que o mesmo gênio que escreveu *Gargântua*[12] escrevia outrora todas as histórias."

– Mas, enfim, – disse um dos convivas – Tebas, Mênfis, Babilônia, Nínive, Troia, Selêucia eram grandes cidades e já não existem.

– Isso é verdade – respondeu o secretário do senhor príncipe Gallitzin – mas Moscou, Constantinopla, Londres, Paris, Amsterdã, Lyon que vale mais que Troia, todas as cidades da França, da Alemanha, da Espanha e do Norte, eram então desertos.

O capitão suíço, homem muito instruído, nos confessou que quando seus antepassados quiseram deixar suas montanhas e

(11) Obra de Montesquieu (1689-1755), contemporâneo de Voltaire. (N.T.)

(12) *Gargântua e Pantagruel*, obra-prima do escritor francês Rabelais (1494-1553). (N.T.)

precipícios para se apoderar, como era justo, de uma região mais agradável, César, que viu com os próprios olhos o desfile desses emigrantes, calculou que fossem 278 mil, contando os velhos, as mulheres e as crianças. Hoje, só o Cantão de Berna possui tantos habitantes: não é nem metade da Suíça, e eu posso assegurar que os treze cantões contam mais de 720 mil almas, contando os nativos que trabalham ou negociam em países estrangeiros. Depois disso, senhores sábios, façam cálculos e sistemas; serão tão falsos uns quanto outros.

Em seguida, houve interesse em saber se os burgueses de Roma, nos tempos dos Césares, eram mais ricos que os burgueses de Paris, da época do sr. Silhouette.

– Ah! Isso me diz respeito – disse o sr. André. Fui por muito tempo o Homem dos Quarenta Escudos; quero crer que os cidadãos romanos possuíam mais que isso. Esses ilustres ladrões de grandes vias tinham pilhado os mais belos países da Ásia, da África e da Europa. Viviam esplendidamente do fruto de suas rapinas; mas, em todo caso, havia mendigos em Roma. E estou persuadido de que, entre esses vencedores do mundo, havia gente reduzida a 40 escudos de renda, como aconteceu comigo.

– O senhor não sabe – lhe disse um sábio da Academia das inscrições e belas letras – que Lúculo gastava, em cada jantar que oferecia no salão de Apolo, 39.372 libras e 13 centavos de nossa moeda corrente? Mas que Ático, o célebre epicurista Ático, não gastava por mês, para sua mesa, mais de 235 libras?

– Se assim é, disse eu, era digno de presidir a confraria da mesquinhez, estabelecida há pouco na Itália. Li como o senhor, em Floro, esse incrível relato; mas aparentemente Floro nunca havia jantado em casa de Ático, ou seu texto foi corrompido, como tantos outros, pelos copistas. Floro nunca me fará acreditar que o amigo de César e de Pompeu, de Cícero e de Antônio, que muitas vezes comiam em sua casa, se arranjasse com pouco menos de dez luíses de ouro por mês.

"E aí está justamente como se escreve a história."

A senhora de André, tomando a palavra, disse ao sábio que, se ele quisesse pagar por sua mesa dez vezes mais, ela ficaria muito contente.

Estou certo de que essa reunião noturna do sr. André vale realmente um mês de Ático; e as senhoras não acreditavam que os jantares de Roma fossem mais agradáveis que aqueles de Paris. A conversa foi muito divertida, embora um pouco erudita. Não se falou da nova moda nem das coisas ridículas dos outros nem do fato escandaloso do dia.

A questão do luxo foi tratada a fundo. Questionava-se se havia sido o luxo que levara à destruição do império romano, e ficou provado que os dois impérios, do ocidente e do oriente, só foram destruídos pela controvérsia e pelos monges. Com efeito, quando Alarico tomou Roma, só se ocupavam de disputas teológicas; e, quando Maomé II tomou Constantinopla, os monges defendiam muito mais a eternidade da luz do Tabor, que viam em seu umbigo, do que se empenhavam em defender a cidade contra os turcos.

Um de nossos sábios fez uma reflexão que me impressionou realmente: é que esses dois grandes impérios foram aniquilados e que as obras de Virgílio, de Horácio e de Ovídio subsistem.

Do século de Augusto para o século de Luís XIV não foi mais que um salto. Uma senhora perguntou, com muito espírito, porque não se escreviam mais hoje obras de gênio.

O sr. André respondeu que era porque já haviam sido escritas no século passado. Essa ideia era refinada e, no entanto, verdadeira; foi aprofundada.

Em seguida caíram rudemente sobre um escocês que se atrevera a dar regras de bom gosto e a criticar os mais admiráveis trechos de Racine, sem saber francês[13]. Trataram ainda mais severamente um italiano, chamado Denina, que denegriu o livro *Espírito das Leis*[14], sem compreender a obra e que havia censurado principalmente o que mais se estima nessa obra.

Isso fez lembrar o afetado desprezo que Boileau demonstrava por Tasso. Um dos convivas afirmou que Tasso, com seus defeitos, estava tão acima de Homero como Montesquieu, com seus defeitos ainda maiores, estava acima da extremamente confuso Grotius. Protestaram contra essas críticas ditadas pelo ódio nacional e pelo preconceito. O sr. Denina foi tratado como merecia e como o são os pedantes pelas pessoas de espírito.

Observaram, sobretudo, com muita sagacidade, que a maioria das obras literárias do século atual, bem como as conversas, são dedicadas ao exame das obras-primas do século passado. Nosso mérito consiste em discutir o mérito delas. Somos como filhos deserdados que fazem as contas dos bens de seus pais. Reconheceram que a filosofia havia feito grandes progressos, mas que a língua e o estilo se haviam corrompido um pouco.

É a sorte de todas as conversas passar de um assunto a outro. Todos esses assuntos de curiosidade, de ciência e de gosto logo desapareceram diante do grande espetáculo que a imperatriz da Rússia e o rei da Polônia davam ao mundo. Acabavam de reerguer a humanidade destroçada e de estabelecer a liberdade de consciência numa parte da terra muito mais vasta do que jamais o foi o império romano. Esse serviço prestado ao gênero humano,

(13) Esse sr. Home, grande juiz da Escócia, ensina a maneira de fazer falar com espírito os heróis de uma tragédia; aqui está um notável exemplo que tira da tragédia *Henrique IV*, do divino Shakespeare. O divino Shakespeare introduz milorde Falstaff, que acaba de prender o cavaleiro Jean Coleville, e o apresenta ao rei:
"Sire, aqui está ele, eu vo-lo entrego; suplico a Vossa Graça que mandeis registrar esse feito de armas entre os outros dessa jornada ou, por Deus, eu o mandarei pôr numa balada com meu retrato na testa; verão Coleville beijar meus pés. Isso é o que farei, se vós não tornardes minha glória tão brilhante como uma moeda dourada de dois cêntimos; e então me vereis, no claro céu da fama, ofuscar vosso esplendor, como a lua cheia apaga os carvões extintos do elemento do ar, que não aparecem em torno dela senão como cabeças de alfinete."
É esse absurdo e abominável discurso confuso, tão frequente no divino Shakespeare, que o sr. Home propõe como modelo do bom gosto e do espírito na tragédia. Mas, em compensação, o sr. Home acha a *Ifigênia* e a *Fedro*, de Racine, extremamente ridículas.

(14) Obra mais importante de Montesquieu (1689-1755), contemporâneo de Voltaire. (N.T.)

esse exemplo dado a tantas cortes que se julgam políticas, foi celebrado como merecia. Beberam à saúde da imperatriz, do rei filósofo e do primaz filósofo, desejando-lhes muitos imitadores. Até o doutor da Sorbonne os admirou, pois há algumas pessoas de bom senso nesse centro, como houve outrora gente de espírito entre os beócios.

O secretário russo nos espantou com o relato de todas as grandes obras em curso na Rússia. Houve quem perguntasse porque gostávamos mais de ler a história de Carlos XII, que passara sua vida destruindo, do que a de Pedro o Grande, que consumira a sua em criar. Concluímos que a fraqueza e a frivolidade são a causa dessa preferência; que Carlos XII foi o Dom Quixote do norte e que Pedro foi o Sólon; que os espíritos superficiais preferem o heroísmo extravagante aos grandes projetos de um legislador; que os pormenores da fundação de uma cidade lhes agradam menos do que a temeridade de um homem que enfrenta dez mil turcos, apenas com seus criados; e que, enfim, a maioria dos leitores gosta mais de se divertir do que de se instruir. Disso decorre que há cem mulheres que leem *As Mil e uma Noites* contra uma que lê dois capítulos de Locke.

Do que não falamos nesse jantar, do qual por muito tempo haverei de lembrar! Afinal também falamos alguma coisa dos atores e das atrizes, assunto eterno das conversas de mesa em Versalhes e Paris. Concordamos que um bom declamador era tão raro como um bom poeta. O jantar terminou com uma bela canção que um dos convivas ofereceu às senhoras. Quanto a mim, confesso que o banquete de Platão não me causaria mais prazer que aquele do sr. André e da senhora dele.

Nossos elegantes e ridículos burgueses e burguesas sem dúvida se aborreceriam ali; eles pretendem ser a boa companhia; mas nem o sr. André nem eu jamais vamos jantar com essa boa companhia.

Impressão e Acabamento
Gráfica Oceano